春华卷

跟于丹老师
一起读最美古诗词 ①

于丹 著

北京联合出版公司
Beijing United Publishing Co.,Ltd.

图书在版编目（CIP）数据

跟于丹老师一起读最美古诗词．春华卷 ／ 于丹著
．—北京：北京联合出版公司，2017.11

ISBN 978-7-5596-1097-3

Ⅰ．①跟… Ⅱ．①于… Ⅲ．①古典诗歌－诗歌欣赏－
中国－青少年读物 Ⅳ．①I207.22-49

中国版本图书馆CIP数据核字（2017）第253238号

跟于丹老师一起读最美古诗词．春华卷

作　　者：于　丹

特约策划：唐建福

特约编审：文龙玉　　李健秋

责任编辑：肖　桓

审读编辑：徐向东

装帧设计：伍　霄　　黄柠檬·樊瑶　　大汉方圆

内文插图：夏吉安

- -

北京联合出版公司出版

（北京市西城区德外大街83号楼9层　　　100088）

北京市雅迪彩色印刷有限公司印刷　　新华书店经销

字数：168千字　　710毫米×1000毫米　1/16　　印张：12

2017年12月第1版　　2017年12月第1次印刷

ISBN　978-7-5596-1097-3

定价：36.00元

- -

姥姥的私塾

我是一个爱做梦的人。从小到大，夜夜多梦，彩色，逼真。所谓一夜无梦到天明对我真成了奢侈的事。在所有梦里，有两个梦是不断重复的，从中学时代到现在，在三十年间屡屡回来。一个最恐惧的梦就是考数学，我常常在梦里对着面目模糊的数学老师哭着说："我记得我考上中文系了……"一个最欢喜的梦就是看见姥姥，姥姥穿着偏襟大褂，鞋干袜净，笑意盈盈地坐在床边，叫着我的小名，说上学去吧，回来时姥姥还在家等着你……

做完那个恐惧的梦，醒来是侥幸的；做完那个欢喜的梦，醒来是悲伤的。恍兮惚兮，姥姥，那个画面是你留在我十五年生命中最后的音容。

十五岁的那个初夏，我初中三年级期末考试第一天，八十岁的姥姥胃里的肿瘤在前一夜破裂了，她呕出了一搪瓷缸子的鲜血，自己悄悄地藏起来，从凌晨就坐在床头，整齐干净地挨着时光，等待我醒来去上学。

"毛毛，"姥姥叫着我的小名，递过来两个橘子，"乖乖上学去吧，别惦记姥姥，好好考试，放学回家，姥姥还在这儿等你。"

我浑然不觉地跟姥姥再见，去了考场。中午回家，姥姥不在床边，妈妈说姥姥进医院了，问题不大，嘱咐我好好考完再去看她。

初三的考试时间拉得很长。在一个星期的时间里，我怎么央求大人，不管是哭还是闹，他们就是不带我去看姥姥。直到全部考完，我奔跑回家，看见堂屋里妈妈和舅舅都在等我，他们脸上的神色把我吓住了，空气里只有毫无顾忌的蝉鸣，一声一声地打碎紧绷的安静，我小心翼翼地问："我姥姥……我姥姥怎么样了？"

姐弟俩艰难地交换了一下眼色，动了动嘴唇，我记不清他俩是谁说了一句："毛毛，你是大孩子了，要冷静……"轰的一下，我的耳朵里连蝉鸣都听不见了。

姥姥去世了，几天前就去世了。她入院抢救时，医生已经回天无力，姥姥迅速脱形，瘦得不到八十斤，单单薄薄地躺在被单下，全身插满了管子。医生嘱咐把家里老人最喜欢的孩子叫来让老人看一眼，姥姥跟妈妈和舅舅说："孩子正考试，我不见这最后一面了，就让孩子记住姥姥坐在家里送她上学的样子吧，我不想让孩子看见我现在的样子，她以后想起姥姥，会难受的。"

我一言九鼎的姥姥，我那不到四十岁就守寡拉扯大儿女的姥姥，妈妈和舅舅怎么敢违逆她一点意愿呢？就这样，姥姥平生第一次对我失约，我考完试回家，姥姥没有扯着甜蜜的长声叫："毛毛啊，过来让姥姥看看……"

十五岁的那个夏天，那个早晨，那个今生今世与姥姥离别的瞬间，就这样，一次一次回到我的梦里，清晰鲜亮，一伸手，就触摸到姥姥手指的暖和橘皮的凉。

我出生的时候也是一个夏天，据说妈妈从妇产医院带我回家的时候还不会抱孩子，用一方藕荷色的纱巾兜着我，叼着两个角，拎着两个角，把一个七斤半的大胖丫头放在姥姥的手上。从那一天起，我几乎从没有离开过姥姥。爸爸、妈妈、舅舅都下放了，而我在府右街九号的那个四合院里，跟着我的姥姥，走过了整个童年。

我生命中最早的诗意，与那个院子相关，即使它在这个世界上无影无踪了，也还是固执地把青砖灰瓦和红艳艳的石榴花留在我的梦境里。一闭眼，我就会看见它，甚至比我此刻身处其中的家还要清晰。

海棠飞花时节，满地都是扑簌而下的浅粉色碎花瓣儿，穿着月白色偏襟大褂和黑府绸裤子的姥姥，用大蒲扇替我拍打着蚊子，教我背"无可奈何花落去，似曾相识燕归来。小园香径独徘徊……"

小园香径，一侧长着大枣树和挂满榆钱儿的大榆树；另一侧是海棠，还有飘着芬芳的香椿。姥姥在一溜北房下排开几盆硕大的石榴树，那些鲜红烂漫的石榴花瓣儿撒下来，落在一种白天开小粉花的植物上，到夜里，细碎的小花瓣儿乖乖合上，姥姥说它的名字就叫明开夜合。

小园香径，那里不是我少女时的徘徊，而是我幼年时的蹒跚学步，我稚嫩的诗意明开夜合，就驻守在这个院落里。

院子的对面就是中南海的高高红墙，"文革"时半夜里经常锣鼓喧天，喇叭齐鸣，不是迎接最新指示，就是批斗游行。姥姥总是把院门用木插销横着别住，不敢让我上幼儿园，也不敢让我出去玩儿，我跳的皮筋永远是一头拴在枣树上，另一头拴在香椿树上。我进屋吃饭的时候，皮筋就兀自寂寞，在风里一颤一颤地微微跳动。

而寂寞，恰恰是诗意的老家。有谁见过真正的诗意是从纷纷攘攘的喧嚣中飘散出来的呢？热闹拥挤之间，诗意舒展不开薄如蝉翼的翅膀。

幸亏姥姥在院子里种了那么多花，密密匝匝跌宕下来，林木扶摇。相比于明开夜合这种精致的小花小草，我从小更爱海棠树上木本的花枝。小小的我拘束在家里，可是高高的花枝探出了院墙，我随着那一树蓬勃峥嵘把目光探望出去，岁岁春来，飞花逐梦。大概八岁，忘了从哪本诗集里读到李商隐的《天涯》：

春日在天涯，天涯日又斜。

莺啼如有泪，为湿最高花。

寥寥二十个字的一首绝句，我似懂非懂的，心里空落落地就难受起来，忽忽悠悠，无处安置。那时候还不懂相思，但是懂得别离，因为妈妈不在身边；那时候也不明白天涯，但是知道远方，因为爸爸就在远方。在一个那么喧哗又那么寂寥的时代里，玉谿生让我遇见了诗意的多情，让我第一次体会到：辗转于伤情，也是可以沉湎的事。

从此，我爱了李商隐的伤，上了李商隐的瘾。读着他的悼亡诗，根本不知道背景，字面极浅，用意极深。

荷叶生时春恨生，荷叶枯时秋恨成。

深知身在情长在，怅望江头江水声。

小小的我无端就含着泪，想不明白一个人的生命究竟可以有多少深

6

情，随着四季荣枯，死而后已。

最是一篇《锦瑟》解人难。我还记得那个冬天，我穿着紫红色灯芯绒小棉袄，举着这首绝美也是绝难的诗问姥姥，姥姥拆开一张暗灰色的烟盒纸，用齐整整的小楷抄下来，从右到左，竖行排列。究竟是庄生一霎迷了蝴蝶梦幻，还是蝴蝶翩飞化成了庄周？究竟是子规啼血含情带恨，还是遍山杜鹃染就了嫣红的不甘？沧海深处，鲛人珠泪熠熠生辉；晴空暖日，蓝田软玉袅袅生烟……姥姥似乎没给我讲明白太多典故，她只是纵容着我不知所起的深情与感伤，迷恋只是迷恋而已，甚至与懂得无关。

更不必说那千古之前的昨夜星辰昨夜风，那清晰一瞬的月斜楼上五更钟，那春蚕的丝，与蜡炬的泪，怎么也织不完，怎么也流不干。在故事的踪迹里逡巡，探问着"贾氏窥帘韩掾少，宓妃留枕魏王才"；在天心的明灭中凝神，揣摩着"嫦娥应悔偷灵药，碧海青天夜夜心"。"春心莫共花争发，一寸相思一寸灰""直道相思了无益，未妨惆怅是清狂"，这样的决绝无悔，不计一切的任性，纵使不懂，也深深地影响了我的一生。

直到有一天，妈妈单位的领导，一位姓张的叔叔，到家里来，和蔼地摸着我的刷子辫问："听说毛毛跟着姥姥读过不少诗啊？最喜欢谁的呢？"

我如同鬼使神差一般，答："李商隐。"

张叔叔的笑容瞬时收了，脸色沉郁得一如眼镜上宽宽的黑框，道："这可不健康啊！小小年纪的孩子，为什么不喜欢李白、杜甫呢？"

我求助般地看着姥姥，姥姥站在一边，神情洒落安宁，不接话，也不分辩，尽管她教我背的李白、杜甫的诗比李商隐的诗多得多。

　　似乎就是从那一天起，我明白了读诗爱诗只是自己的事情，泪水是自己的，笑容也是自己的，用不着争辩，用不着证明，诗中本也没有那么多后人附会的是与非。

　　在十来岁的年纪上，我剑走偏锋地排斥所有的现实主义，对中国诗词全部的趣味都倾注在了浪漫无极的飞扬上。所以我深爱的李太白，是那个"长剑一杯酒，男儿方寸心"的侠客，是那个"我且为君捶碎黄鹤楼，君亦为吾倒却鹦鹉洲"的狂生，是那个"感君恩重许君命，泰山一掷轻鸿毛"的义士，更是那个"且就洞庭赊月色，将船买酒白云边"的谪仙。也许因为我家院子之外的世界是一片绿军装蓝制服，不是捍卫红色江山，就是清算反革命的变天账，所以我才任由一颗懵懂的少年心无限迷恋着李太白，跟着他去梦见"青冥浩荡不见底，日月照耀金银台。霓为衣兮风为马，云之君兮纷纷而来下"，也追随他走向庐山："登高壮观天地间，大江茫茫去不还。黄云万里动风色，白波九道流雪山。"神往着他的"兴酣落笔摇五岳，诗成啸傲凌沧州"，赞许着他的"人生飘忽百年内，且须酣畅万古情"……光阴走过流水，春秋轮回古今，那些弃我而去的昨日之日终究没有留下，那些乱我心者的今日之日随着成长纷至沓来。如果，我的生命中不曾有一种庞大甚至偏激的力量叫作李太白，那么，面对长大的寥落与烦恼，我又怎能天真透彻地昂首："举杯邀明月，对影成三人"？

　　生长在北京的孩子，从小的遗憾是缺失故乡鲜明的风物，而诗词，恰恰成为我的乡土。

我的姥姥，用她那一座繁花锦绣的院落做成私塾，攒一把流光从诗意中穿过。她确乎没有给我讲过太多的训诂典实，她所做过的最好的事，就是纵容了我对诗意的盲目沉迷，从来也没有用标准答案的是非破坏过我对这份原始信仰的热情。

那座飞花逐梦的院子拆了，院子里种花讲诗的姥姥也走了，可是诗意流淌在我的血管中。年华渐长，我凭着诗意的本能，在人群中清晰辨认出自己——一个在乡土中念过私塾的孩子。

多年以后，一个暮春的下午，我坐在自己家的楼梯上，摇晃着小小的女儿，听她嫩生生地说着些没有逻辑的话，新买的一张周杰伦的唱片音循流转，唱到方文山新写的歌《青花瓷》：

"天青色等烟雨，而我在等你，炊烟袅袅升起，隔江千万里，在瓶底书汉隶仿前朝的飘逸，就当我为遇见你伏笔……"

那一瞬间，我懵懂泪下，宛如遇见"莺啼如有泪，为湿最高花"的那个时刻。

中年心事浓如酒，少女情怀总是诗。冥冥之中，总有一些等待，在不期然的拐角处，猛烈而单纯地撞上来。而所有的前尘往事里，都埋着隐约的伏笔。

我与姥姥，继续着梦中的相见。生命中所有预设的伏笔，在未来的时光中，渐次清晰，以诗歌的名义。

目录

多情的春天

　　小的时候写作文，老师总是说我们观察得不好，用的意象不足，让我们去学古人。当时只知道照搬照抄别人用过的意象，长大后才明白，我们远离的其实是一份精细的心情。每到春来，还感受得到春意在心中的悸动吗？古人给我们留下这么多首春天的诗词，一点一点打开我们的心门，让我们的心都经历一次苏醒，我们才会恍然惊觉生命深处对光阴的柔情。

◆ 引子 ◆

一年之计在于春

　　春风秋云，春来秋往，思绪翩跹，是春天和秋天，与我们的生命有着特别深刻的呼应吗？

　　在汉语里，和时间观念最亲密的词，大概就是春秋了。问老人家的年龄，会问"春秋几何"，一说到年华流光，也喜欢使用一个词——"春秋"，连歌里也在追问着"几度风雨，几度春秋"。为什么我们用"春秋"二字来概括历史？怎么从来没管它叫"冬夏"呢？也许，在中国，特别是在中原文明发轫的黄河流域，相比于酷暑严冬，温暖的春、凉爽的秋，更适于中国人的诗情吧。

　　中国人喜欢用春、秋之间的变化来形容时间的流转。因为春秋更多变化的特征，冬夏更多稳定的特征。小楼一夜听雨声，第二天满眼繁花，从听觉到视觉的转变，这个情景是春天能看见的；一夜听风声，第二天满地落叶，这个情形是秋天能看见的。在夏和冬，虽然也有雨有雪，有风有雷，可是雨过天晴，变化不大。春与秋，生物的苏醒和衰残，都在瞬间完成，来得那么蓦然、那么剧烈，强化了人和风景相遇时猝不及防那一瞬间的感动，深深地激荡我们的内心。

　　所以从这个意义上讲，在春秋之间，我们看见生命的成长和希望，也看见生命的颓败和老去的感伤……这就是我们为什么在春秋上寄予了这么深的诗情。

　　什么是春天？春天其实是人心中朦胧的一种憧憬，是对生命所有的寄予和希望。"一年之计在于春"，春光中，时间刚刚开始，人们可以一点一点地把梦想种在现实的土地上，看它开花，看它抽穗，看它结果。这个生长与成熟的过程，人还可以企望。

岁月在春光中苏醒

人对春天的憧憬总是来得格外细腻。中国人的诗情，总是在早春时节活泼泼醒来，从心头到笔端，舒展开一些美丽的发现。

词人冯延巳的一首小词《玉楼春》里面有一句，写从残冬进入早春时天空的变化："雪云乍变春云簇，渐觉年华堪纵目。"我在上学时，听叶嘉莹△先生讲过这两句词，带我们温婉细腻地体会每一个字。"雪云乍变春云簇"。我们想一想冬天的云是什么样的？是沉郁的，堆积的，一块一块的，像石头，层次不分明，光线不明朗。我们眼中的残冬，还是一片沉沉暮气。但是早春呢？我们会看见春天的云像一朵一朵花，忽然爆出来，蓬勃烂漫地绽放着。所以这首词里面用了一个字，"簇拥"的"簇"，也是"花簇"的"簇"。不知什么时候，某一个刹那，沉沉的雪云"乍变"，一下子变成了春云拥簇。就在天空云朵变化的一瞬间，大地上的词人开始感慨逝水流光，"渐觉年华堪纵目"。在这样的早春，人眼中、心中的一

△ 叶嘉莹（1924—　），加拿大籍中国古典文学专家。号迦陵。代表作有《迦陵论词丛稿》《中国古典诗歌评论集》《迦陵论诗丛稿》等。

◆ 诗歌详注 ◆

[五代南唐]冯延巳《玉楼春》（一说欧阳修作）

雪云乍变春云簇，渐觉年华堪纵目。[1]北枝梅蕊犯寒开，南浦波纹如酒绿。[2]芳菲次第长相续[3]，自是情多无处足。尊[4]前百计见春归，莫为伤春眉黛蹙[5]。

[1] 雪云乍变春云簇，渐觉年华堪纵目：描写天气由冬入春，风景转佳，正是极目远眺的好时候。

[2] 北枝梅蕊犯寒开，南浦波纹如酒绿：这里用到大庾岭的一则典故。大庾岭气候独特，岭上的最高处仿佛是气候的分界线，即便同一棵树上的梅花也不会同时开花，而是向南的枝条上先开花，等这些花落了，向北的枝条上才开出花来，昭示着春天的暖意由南向北而来，在这些梅花上有了这样一种极端的体现。

浦（pǔ）：水滨。但"南浦"并不简单指"南边的水滨"，它是一个经典的文学意象。自从南朝文人江淹在他的名文《别赋》里写出"送君南浦，伤如之何"以后，"南浦"便永远地带上了别离的况味。

[3] 芳菲次第长相续：这句的意思承接"北枝"一句，形容梅花从南枝开到北枝，相续不绝。

[4] 尊：同"樽"，古代的酒杯。

[5] 眉黛：古代女子用黛画眉，因称眉为眉黛。蹙（cù）：聚拢，皱缩。

南唐三大词人，李璟、李煜、冯延巳，两位是国主，一位是宰相，对国家大事都不在行，却都有着第一等的文学才华和生活品位。在这三位词人里，今天最有名的是后主李煜，青少年知道冯延巳的却不多。这是因为李煜的词感情更加直露，一下子就能击中人心，就像一个孩子一发而不可收拾地号啕大哭一样，而冯延巳的词在感情上含蓄得多，像一个满怀忧伤的人咬着嘴唇，在人前故作平静，你越是静静地琢磨，静静地体会，就越是会感受到有一种说不清、道不明的忧伤弥漫天地。如果用文学评论的语言来讲，我们可以说冯延巳的词更有艺术张力，这首《玉楼春》就是一个典型。

所以当时代跃进北宋，刚刚打开宋词时代的时候，那些文学修养较高的词人继承的是冯延巳的风格，而不是李煜的风格。今天我们感受古典的诗词，对李煜的词一下子就会爱上，对冯延巳的词却不妨先花一点死记硬背的功夫，等年纪更大、修养更高、阅历更深之后，再慢慢地回味。

切，是如此舒展，又带着些许惆怅。

我们从小就读熟了韩愈写的《早春呈水部张十八员外》，一首七绝，寥寥四句，每一个字都耐人寻味：

> 天街小雨润如酥，
> 草色遥看近却无。
> 最是一年春好处，
> 绝胜烟柳满皇都。

"天街小雨润如酥"。唐代的"酥"是一种美食，一种细腻润滑的奶制品。今天，我们会觉得雨落下来，落到身上皮肤上，是潮的、湿的。"润"，我们能理解，但还能触摸到"如酥"的质地吗？

韩愈的这句诗总让我想起汤显祖的《牡丹亭》△，杜丽娘在游园之前看春天，对春天的形容——"袅晴丝吹来闲庭院，摇漾春如线。"断掉的蛛丝，被微风吹进闲到空旷的院落——在二八年华的少女杜丽娘眼前，春天恰如这些在风中飘浮的游丝，在阳光下一根一根抽开，在春风中闪闪摇漾……诗人要有什么样的心，才能去发现润如酥的小雨，还有这如丝

△ 《牡丹亭》：明朝剧作家汤显祖的代表作之一，共55出，描写杜丽娘和柳梦梅超越生死的爱情故事。与其《紫钗记》《南柯记》《邯郸记》并称为"临川四记"。

袅袅袭来的春天呢？

韩愈接着说"草色遥看近却无"。这个感受我们每个人都有过，只是不知道我们是不是还记得。远远看，连成片的草地似乎已经满是蒙蒙绿色，但是近了去看，却又好像没有了！在远方的淡淡的一抹，在眼前却消失了。这一视觉偏差，对于寻春探春的诗人，是一个"谜"。"最是一年春好处，绝胜烟柳满皇都"，现在真是春天最好的时光了，那种早春几近透明的绿，是浅浅淡淡的，朦朦胧胧的，只可远观不可亵玩，这一点娇嫩撩人、初初萌动的春色，还真胜过了满城柳丝的浓春景色呢！

形容水面袅袅变化，有一个词叫"烟波"；柳丝荡漾，依然如烟。人的心思如烟，世事岁月的变迁如烟。一个"烟"字里面，袅袅涌荡的那种气息，那种光影斑驳，打动着我们的心。这才是春天真正的意味啊。

再晚一些日子，春光再盛一些的时候，绿意分明，柳条飘荡。我们小时候都背过贺知章的《咏柳》："碧玉妆成一树高，万条垂下绿丝绦。不知细叶谁裁出，二月春风似剪刀。"在我很小很小的时候，爸爸就教我背，带着我去看什么叫"细叶谁裁出"。等到我的孩子上幼儿园，又在我身边奶声奶气地念这首诗。每个人的年华都曾经从早春经过，都曾经天真地用小手拈着柳叶，用小脑

◆ 诗歌详注 ◆

[唐]韩愈《早春呈水部张十八员外[1]》

天街小雨润如酥[2]，
草色遥看近却无。
最是一年春好处，
绝胜烟柳满皇都[3]。

[1] 水部张十八员外：指唐代诗人张籍。张籍在同族兄弟中排行第十八，曾任水部员外郎，所以他被称作水部张十八员外。唐人论兄弟排行，不是如今天这样只论亲兄弟，而是论整个家族里的兄弟序列，所以排行的数字往往很大。水部：唐代中央部委分为吏、户、礼、兵、刑、工六部，其中工部分为四司，水部为四司之一，人们也习惯以水部代称工部。

[2] 天街：京城的街道。酥：一种细腻润滑的奶制品。

[3] 绝胜：远远胜过。皇都：京城，这里指唐代东都洛阳。

◆ 知识点 ◆

不同的诗歌体裁有不同的写法，写律诗的手法不适合拿来写绝句，写绝句的手法也不适合拿来写律诗。韩愈的这首诗就是绝句的典范，就像一幅写意小画一样，两三笔便点染成趣，一下子抓住所咏之物的神采，形象感从文字里呼之欲出。把这首诗琢磨透了，对绝句就会一通百通。元代文人刘埙讲过，王安石早年正是从韩愈的这首小诗里悟到了写绝句的要领，后来一辈子写作绝句都在学它。

瓜去浪漫地想象什么叫"二月春风似剪刀"——是春风一缕一缕地，像我们做手工剪彩纸那样，把柳枝裁成了婀娜的模样吗？如今，感到疲惫的时候，我还是喜欢对着一盏春茶，在氤氲的香雾里淡淡看着这些小时候稔熟的景象，在默诵中，心渐渐柔软松弛，被春雨滋润，被烟柳感动，就轻盈起来，如同被春风托举。还可以闭上眼睛问问内心，在如今忙得分不出一年四季的生活中，我们还有多少春光可以流连？

◆ 诗人简介 ◆

冯延巳（903—960），五代南唐词人。一名延嗣，字正中，广陵（今江苏扬州）人。所作词留存百余首，均为小令，多写男女间的离情别恨，语言清丽，善于以景见情。对北宋晏殊、欧阳修等颇有影响。

韩愈（768—824），唐代文学家、哲学家。字退之，河南河阳（今河南孟州南）人。其诗风奇崛雄伟，力求新警，有时流于险怪。又善为铺陈，好发议论，后世有"以文为诗"之评，对宋诗影响颇大。

汤显祖（1550—1616），明戏曲作家、文学家。字义仍，号海若、若士、清远道人。在戏曲创作上主张"言情"，反对拘泥于格律。

贺知章（659—约744），唐代诗人。字季真，自号四明狂客。好饮酒，性狂放，与李白友善。与张旭、包融、张若虚合称"吴中四士"。工书法，尤擅草隶。其诗今存二十首，多祭神乐章和应制诗；写景之作，较清新通俗。

日出江花红胜火，春来江水绿如蓝

恍然望见白居易信马由缰，迤逦行来，西子湖畔的春天依旧真切：

孤山寺北贾亭西，水面初平云脚低。

几处早莺争暖树，谁家新燕啄春泥。

乱花渐欲迷人眼，浅草才能没马蹄。

最爱湖东行不足，绿杨阴里白沙堤。△

"孤山寺北贾亭西"，这个地方是哪儿呢？"水面初平云脚低"，显然这是西湖了。只有春天的水面才可以用"初平"形容。从远处看，春水缓缓涨起来，天边的春云渐渐垂下来，水和天就相连到了一起。再看近处，"几处早莺争暖树，谁家新燕啄春泥"，一切都是那么新鲜、玲珑、活泼、流利。在描述"早莺""新燕"时，白居易用的是"几处""谁家"，而不是"处处早莺""家家新燕"，那样的莺歌燕舞就用不着"争暖树""啄春泥"了，一个浓郁的春天哪有这零星"几处"和不知"谁家"的意象，让人的心中产生蓦然相逢的惊喜呢？"乱花渐欲迷人眼，浅草才能没马蹄"，花逐渐开得繁盛了，纷纷扰扰的乱红之间，人眼开始变得迷离沉醉；花绽放的时候草跟着长，但是草还未深，踏马游春，萌生的小草将将没了马蹄。面对着蓬勃的早春气象，诗人在细致的描摹之后，转换语气，由对春意的特写一变而成直抒胸臆，"最爱湖东行不足，绿杨阴里白沙堤。"

我们对比一下他写过的洛阳春天。洛阳的春天什么样呢？《魏王堤》中说"花寒懒发鸟慵啼"，洛阳寒气尚重，北方的花比南方的花要懒，没那么勤快，太早的时候起不来，所以"花寒懒发"。再看懒得叫的鸟，"慵啼"也是一份慵懒。

△ 唐·白居易《钱塘湖春行》。

北方的早晨很冷，人伸个懒腰都不愿意冒出热乎乎的被窝，花、鸟随人，懒懒的，晚晚地再出来，没有那么多生命的欢欣啊。白居易同样踏马寻春，"信马闲行到日西"，信马闲情，到处找春天，一直找到沉沉落日都西斜了。"何处未春先有思，柳条无力魏王堤。"何处可以寄放他对春天的渴求？终于寻得了一个地方：由洛水形成的魏王池边，魏王堤上有几株柳树，"未春先有思"，柳条悬垂，春意已经萌动，姑且可以让他托付一点思情吧。南方北方的春天，信马杭州或者信马洛阳，西湖的白堤或者魏王池的魏王堤，白居易对春意的寻访和刻画，在今天读来让我们动心动情。我们曾经如此专情地感受过春天吗？

我们都熟悉白居易在六十七岁的暮年时光写出的《忆江南》。在他的记忆中，"江南好，风景旧曾谙。日出江花红胜火，春来江水绿如蓝。能不忆江南？"江南有多好呢？一片片花团锦簇的颜色——江南的花、江南的水如此明艳，红得比火还亮，绿得比蓝还要浓。这样灿烂的春光让我们不禁想起另一位善用色彩的诗人杜甫，他笔下也点染出一个鲜亮的春天："江碧鸟逾白，山青花欲燃。"江有多么绿呢？小小的鸟儿盘旋在大片碧水之上，非但没被色彩"淹没"，反而衬出鸟羽的洁白。山又有多么青呢？斑斑

◆ 诗歌详注 ◆

[唐]白居易《忆江南》（节选）

江南好，风景旧曾谙[1]。日出江花红胜火，春来江水绿如蓝[2]。能不忆江南？

[1] 谙（ān）：熟悉。
[2] 蓝：一种植物，叶子干后会变成暗蓝色，可以被加工成靛青，用作染料。

◆ 知 识 点 ◆

《忆江南》这个词牌要想写得出彩，最关键的地方就在中间的那一联对仗。也正因为这一联对仗太关键，所以很多词人在用这个词牌来填词的时候总会用力过度，雕琢得太仔细，结果破坏了整体感。白居易的"日出江花红胜火，春来江水绿如蓝"写得明白如话，好像随随便便说出来似的，却把江南春水的形象一下子映在了读者的心里。

点点怒放的鲜花，像燃烧的火焰一样跳跃。我们更熟悉杜甫的"两个黄鹂鸣翠柳，一行白鹭上青天"，黄鹂、翠柳、白鹭、青天……所有颜色如水彩画般晕染开来，清丽光润，照亮蓦一接触的眼神。这样的诗，就是随物赋形，到处都是蓬勃，到处都是新鲜。

大概每个人都看过杜甫、白居易眼中的春色，但是我们既没有那样一种细腻明媚的笔触去点染，也没有远离之后魂牵梦萦的那种热烈蓬勃。我们生命中曾经相逢过的春天，就让我们从这些古人的诗句里，去一点一点唤醒吧。

李山甫在《寒食》里面说，"有时三点两点雨，到处十枝五枝花。"这就像"几处早莺争暖树，谁家新燕啄春泥"，写的也是有时，而不是时时；到处，是散落在不同的地方。三点两点雨，十枝五枝花，就在于它的蓬勃中刚刚透出一点春的消息，还没有到烂漫，还没有满目都是春意。

陆游说得更好，"小楼一夜听春雨，深巷明朝卖杏花。"一夜枕上无眠，听着淅淅沥沥的春雨，诗人想到明天早晨应该早早地就有卖杏花的人了——一夜春雨，吹开多少早春心事，心事飞花，在春雨中绽放……

对春天的描述，要说最细腻，还是来看一位女词人。李清照在她少女时候写的《如梦令》中有什么样的春天呢？一首小词，几句问答而已。"昨夜雨疏风骤，浓睡不消残酒。试问卷帘人，却道'海棠依旧'。知否，知否？应是绿肥红瘦！"寥寥六句小词，说的是一个贵族少女，担心昨天晚上的"雨疏风骤"凋落了院中的海棠，与丫鬟之间发生的一段有趣的对话。那晚雨很狂，夹杂着风，密集地打过来。她听着听着，带着酒意，不知不觉就睡着了。天色亮起来，乍醒时酒意尚在，头疼未消，她想起昨夜的风雨，担心起院中的海棠，赶快吩咐丫鬟去看看。粗心的小丫头忙着卷起门帘，随口应付："还好啦还好啦，海棠花没怎么变。"主人说，你这个傻丫头，太粗心了，你再去看看，应该红的少了很多，绿的却添了不少，这就叫作"绿肥红瘦"。

六句小词，无数曲折，一步一景，就如同我们去游一座园林。那种惜春之心，就在少女的问答之中尽显纸上，这不动人吗？古人和今人隔的只是一段岁月吗？"谁道闲情抛掷久？每到春来，惆怅还依旧。"有的时候我想，我们粗疏了多少心情。年年春来，但是我们还有当年人们的那种心事惆怅吗？

◆ 延伸阅读 ◆

唐·白居易《魏王堤》
花寒懒发鸟慵啼，信马闲行到日西。
何处未春先有思，柳条无力魏王堤。

唐·杜甫《绝句二首》（其二）
江碧鸟逾白，山青花欲燃。
今春看又过，何日是归年？

唐·杜甫《绝句四首》（其三）
两个黄鹂鸣翠柳，一行白鹭上青天。
窗含西岭千秋雪，门泊东吴万里船。

唐·李山甫《寒食二首》（其一）
柳带东风一向斜，春阴澹澹蔽人家。
有时三点两点雨，到处十枝五枝花。
万井楼台疑绣画，九原珠翠似烟霞。
年年今日谁相问，独卧长安泣岁华。

南宋·陆游《临安春雨初霁》
世味年来薄似纱，谁令骑马客京华？

◆ 诗歌详注 ◆

[南宋]李清照《如梦令》

昨夜雨疏风骤[1]，浓睡不消残酒[2]。试问卷帘人[3]，却道"海棠依旧"。知否，知否？应是绿肥红瘦[4]！

[1] 雨疏风骤：雨点稀疏，风很大。
[2] 不消残酒：形容醉意尚未完全散去。
[3] 卷帘人：指侍女。
[4] 绿肥红瘦：这是词人因"昨夜雨疏风骤"而推想的情形。既然下过雨，海棠的叶子必然会显得肥大一些，既然刮过风，海棠的花朵必然会凋零一些。

◆ 知识点 ◆

"绿肥红瘦"一句无论是在当时还是在后世，都被公推为名句，这一方面会引发人们的模仿之心，另一方面也会激起文人的竞争心理。宋人陈郁就说过，李清照"绿肥红瘦"之句虽然被全天下的人称道，但我偏偏喜爱赵彦若的"花随红意发，叶就绿情新"，这"绿情红意"似乎要比"绿肥红瘦"略胜一筹。那么，作为现代读者的我们该怎样鉴定这两者的高下呢？其实简单，"绿情红意"虽然写得也很巧妙，但流于人工雕琢，不比"绿肥红瘦"那样清新自然。

小楼一夜听春雨，深巷明朝卖杏花。

矮纸斜行闲作草，晴窗细乳戏分茶。

素衣莫起风尘叹，犹及清明可到家。

五代南唐·冯延巳《鹊踏枝》（一说欧阳修作）

谁道闲情抛掷久？每到春来，惆怅还依旧。日日花前常病酒，不辞镜里朱颜瘦。　　河畔青芜堤上柳，为问新愁，何事年年有？独立小桥风满袖，平林新月人归后。

◆ 诗人简介 ◆

白居易（772—846），唐诗人。字乐天，晚年号香山居士。其先太原（今山西太原市西南）人，后迁居下邽（今陕西渭南北）。其诗语言通俗，相传老妪也能听懂。

杜甫（712—770），唐诗人。字子美，自称少陵野老。善于运用各种诗歌形式，尤长于律诗，风格多样，而以沉郁为主；语言精练，具有高度的表达能力。与李白齐名，世称"李杜"。宋以后被尊为"诗圣"，对历代诗歌创作产生巨大影响。

李山甫（？—？），晚唐诗人，其诗作多关注和反映社会现实，表现出一种强烈的"刺世疾邪"的现实主义风格。诗风豪迈清俊、含蓄婉转，语言不避俚俗、浅近平易，在晚唐诗坛上独树一帜，为后人所推重。

陆游（1125—1210），南宋诗人。字务观，号放翁，越州山阴（今浙江绍兴）人。其诗多抒发政治抱负，反映人民疾苦，风格雄浑豪放，表现为渴望恢复国家统一的强烈爱国热情。

李清照（1084—约1151），南宋女词人。号易安居士。婉约词派代表。所作词，前期多写其悠闲生活，后期多慨叹身世，情调感伤，有的也流露出对中原的怀念。

风乍起，吹皱一池春水

南唐的冯延巳和李璟，一臣一主，在春天的水边有过一段有趣的问答。冯延巳作一首词，词牌叫作《谒金门》，开头就说"风乍起，吹皱一池春水"。起笔很突兀，风起，但是春水不是大海，没有狂风之下的波澜，只是淡淡地起了皱纹。就这句词，李璟开玩笑问他："吹皱一池春水，干卿何事？"水起了波纹，你一个大男人，有你什么事啊？冯延巳一笑说："未若陛下'小楼吹彻玉笙寒'。"他说我写得还不算好，不如陛下的"细雨梦回鸡塞远，小楼吹彻玉笙寒"，在细雨中，守候在小楼上，长久的等待，长久的吹奏，这种"痴"，我又怎样去比呢？有这样的心才有这样的洞察力，才有这样的笔触。小的时候写作文，老师总是说我们观察得不好，用的意象不足，让我们去学古人。当时只知道照搬照抄别人用过的意象，长大后才明白，我们远离的其实是一份精细的心情。每到春来，还感受得到春意在心中的悸动吗？古人给我们留下这么多首春天的诗词，一点一点打开我们的心门，让我们的心都经历一次苏醒，我们才会恍然惊觉

◆ 诗歌详注 ◆

[五代南唐]李璟《山花子》

菡萏[1]香销翠叶残，西风愁起绿波间。还与韶光共憔悴，不堪看。[2] 细雨梦回鸡塞[3]远，小楼吹彻玉笙寒[4]。多少泪珠无限恨，倚栏干[5]。

[1] 菡萏（hàndàn）：荷花。荷花在古代有很多别名，除了菡萏之外，还有芙蓉、芙蕖等，那么，在"菡萏香销翠叶残"这一句里，为什么不能使用"芙蓉""芙蕖"而一定要使用"菡萏"呢？这是因为古人写诗填词需要照顾音律，假如用"芙蓉"或"芙蕖"来替换"菡萏"，意思虽然没变，但音律就错了。

[2] 韶光：春光，青春时光。不堪看：这里的"看"字要读作kān，以与全词押韵。

[3] 鸡塞：泛指边塞。

[4] 彻：尽，终了。玉笙寒：笙这种乐器是靠簧片来发音的，簧片一般是由高丽铜特制而成，这种铜制的簧片在寒冷的天气里会受热胀冷缩的影响而走音，所以必须先把簧片烘暖才能吹奏。如果簧片冷了，吹奏的音乐也就不再悦耳，甚至还会走调。"小楼吹彻玉笙寒"这一句是描写那位思念远人的女子吹笙直到把曲调吹完，直到笙簧在寒夜里变冷而吹不成调。

[5] 栏干：即栏杆。

词牌《山花子》是《浣溪沙》的变体，下片的前两句是所谓的"词眼"，一般要用对仗，是整首词里最要下功夫的地方，这一词牌的名句往往也都出自这里。"细雨梦回鸡塞远，小楼吹彻玉笙寒"正是李璟这首词里最出彩的两句。这两句里，分别有两个既常见又特殊的修辞，一是"鸡塞"，二是"玉笙"。虽然这里"鸡塞"泛指边塞，但它原本是一个具体的地名，全称叫作鸡鸣塞，因为受到诗词句式的限制而简称"鸡塞"。在诗词里，不仅地名经常会被简化，就连人名也难逃腰斩的命运，比如傅山的诗句"生憎褚彦兴齐国，喜道陶潜是晋人"，"褚彦"是人名，应该叫"褚彦回"才对，但为了和"陶潜"构成对仗，便硬是把"回"字删掉了。至于"玉笙"，其实并不真是玉石做成的笙；再如诗词里常常出现的"玉笛"，也并不真是玉石做成的笛子。苏缨讲过："同样听到不知从哪里传来的笛子声，如果你想表达君子情怀，那就说'玉笛'；如果你想表达乡野之情，那就说'竹笛'；如果你想表达豪客沧桑，那就说'铁笛'。只有笛子是真的，那些玉、竹、金、铁一般都只是诗人为塑造意境而主观加上的修饰，不可当真。就诗人们而言，这些修饰都是意象符号，是一种传统的诗歌语言。"

生命深处对光阴的柔情。

春天意识的苏醒，其实是一份人心中的春意荡漾，有时宛如春天那种女儿心情去看自己娇嫩的青春生命。擅写边塞壮语的王昌龄，曾写过一首生动的《闺怨》。"闺中少妇不曾愁，春日凝妆上翠楼。"一位闺中少妇，可能刚刚十几岁，娇憨贪玩，还不知道忧伤，看见了春天，自己打扮得好好的，上楼头去看景了。"忽见陌头杨柳色，悔教夫婿觅封侯。"她忽然之间看到柳色青青，枝繁叶茂，想着自己的青春，大好年光无人陪伴。柳色今天有她欣赏，但是她的美丽谁来陪伴呢？她的丈夫把最好的时光用去建功立业，去追逐浮名，而我们的情爱呢？生命的欢欣呢？青春澎湃的时光呢？难道我们全都丢掉了吗？人心里还是多多少少会有点悔意的。这是什么呢？这是一种发现。

《牡丹亭·游园》一折写十六岁的少女杜丽娘，一步跨入自己家的庭院，发现原来的大好年华都因为在闺塾中跟腐儒陈最良读书而浪费了，长叹一声，"不到园林，怎知春色如许？"人不把自己投入到春色里，春风哪得与人结缘？细细看去，"原来姹紫嫣红开遍，似这般都付与断井颓垣。良辰美景奈何天，赏心乐事谁家院？"这姹紫嫣红的繁花就算开遍，也只剩下断井颓垣相伴，无人怜惜，无人赞赏。就算有良辰美景、赏心乐事，原来都在别人的院落、别人的生活里发生，一切和自己无关。看着那些"朝飞暮卷，云霞翠轩。雨丝风片，烟波画船。锦屏人忒看的这韶光贱"，一道锦绣屏风把她隔在屋里，大好春光被挡在屏风之外，一切的一切与她是不相关的。也正是因为这样的感春伤怀，所以丽娘做了那个惊天动地的大梦，梦见书生柳梦梅持着柳枝来寻她，深情款款对她说"则为你如花美眷，似水流年，是答儿闲寻遍。在幽闺自怜"。这个生命的觉醒突如其来，来得蓬勃难挡，"情不知所起，一往而深"△，生死相随，无悔无怨。

读这样的诗，看这样的戏，我们会感知到自己的生命中也有从未苏醒的春天。很多人直至生命老去，他的春天也一直没有苏醒，生命在冬眠状态下走完了全部的历程。虽然经历了很多困顿、沧桑，有着很多的忧伤、惶惑、焦虑、悲苦，能对抗这一切的也只有忍辱负重。或者愤世嫉俗，或者指斥命运的不公，但是他从来不知道，还有一种"春光"，可以去抵抗外在的困顿挫折，可以给生命保鲜，让人在面对沉重时举重若轻。

◆ 延伸阅读 ◆

五代南唐·冯延巳《谒金门》

风乍起，吹皱一池春水。闲引鸳鸯香径里，手揉红杏蕊。　　　斗鸭栏干独倚，碧玉搔头斜坠。终日望君君不至，举手闻鹊喜。

唐·王昌龄《闺怨》

闺中少妇不曾愁，春日凝妆上翠楼。

△ 出自《牡丹亭》题记，是汤显祖对于杜丽娘、柳梦梅超越生死的爱情的精神提炼。完整段落为"情不知所起，一往而深。生者可以死，死可以生。生而不可与死，死而不可复生者，皆非情之至也"。

忽见陌头杨柳色，悔教夫婿觅封侯。

明·汤显祖《牡丹亭·皂罗袍》

原来姹紫嫣红开遍，似这般都付与断井颓垣。良辰美景奈何天，赏心乐事谁家院？朝飞暮卷，云霞翠轩。雨丝风片，烟波画船。锦屏人忒看的这韶光贱。

明·汤显祖《牡丹亭·山桃红》（节选）

则为你如花美眷，似水流年，是答儿闲寻遍。在幽闺自怜。转过这芍药阑前，紧靠着湖山石边。和你把领扣松，衣带宽，袖梢儿揾着牙儿苫也，则待你忍耐温存一晌眠。是那处曾相见，相看俨然，早难道好处相逢无一言？

◆ 诗人简介 ◆

李璟（916—961），五代时南唐国主。字伯玉，徐州（今属江苏）人。在位十九年，庙号元宗，世称中主。其词今仅存四首，蕴藉含蓄，深沉动人，在晚唐五代词中意境较高。

王昌龄（？—约756），唐代诗人。字少伯，京兆长安（今陕西西安）人。有"诗家夫子王江宁"之称。尤擅长七绝，多写当时边塞军旅生活，气势雄浑，格调高昂。

细雨湿流光，芳草年年与恨长（春之意象之一）

　　小的时候，我们就会背杜牧的《清明》："清明时节雨纷纷，路上行人欲断魂。借问酒家何处有，牧童遥指杏花村。"就是这么寥寥的一首七言绝句，悠悠念出来的时候，你会觉得忧伤吗？

　　春天的忧伤有时候很深，深到"春恨"的地步，比如他乡客子春日思归。"入春才七日，离家已二年。人归落雁后，思发在花前。"薛道衡是隋代著名的诗人，这首诗写的是他在江南做官时遇到的早春。诗题《人日思归》，人日就是每年农历正月初七，刚好是鸿雁从南方跃跃欲试要回北方的时候。虽然新的一年（"入春"）刚刚七天，但是他离开家乡已经两年，他回家的旅程将远远迟于鸿雁，但他的"思归之心"早已萌发于花开之前。这就是春恨。

　　这首诗里有着鲜明的主题和意象，意象就是鸿雁、春花。

　　所有的春天里都满满生长着意象，先来选一个意象说，就是春草。

　　冬去春来，莺飞草长。春满人间的时候，春风染绿了萋萋春草。我们来看白居易那首著名的《草》："离离原上草，一岁一枯荣。野火烧不尽，春风吹又生。远芳侵古道，晴翠接荒城。又送王孙去，萋萋满别情。"这样年年生发、岁岁茂盛的春草，都是萋萋别情。草色萋萋，寄寓了他无穷的心事，尤其是别恨离愁。

　　亡国的后主李煜写的《清平乐》，短词小字咏出无限长情，故国故人，都在其中。"别来春半，触目愁肠断。砌下落梅如雪乱，拂了一身还满。"这个场景如果是内心欢愉的人，不失为闲情雅趣。人走在春景之中，梅花似雪，扑簌簌地落在人身上，刚把它扑打掉，一下又落满了。但是在李后主看来，断肠人眼中的春天都是断肠风景，这些花不惹人喜，而惹人烦，一落到身上他就要掸掉，掸掉后立刻又落满了。"雁来音信无凭，路遥归梦难成。"雁来空空，不衔音信，故国迢迢，归梦难成。满眼唯有春草远远近近，愁绪如织。"离恨恰如春草，更行更远还生。"人走多远，草就有多远，愁有多悠长，草就有多绵密……

所以，春天的"恨"都是渐渐滋长出来的，它不强烈，不汹涌，但是它缠绕在身上，牵绊在心中，久久挥之不去。

还是那个"吹皱一池春水"的冯延巳，在《南乡子》中写过："细雨湿流光，芳草年年与恨长。"在雨雾中朦胧的春草，绿得透明，就像飘动的流光，被细细的春雨给打湿了。在江南的早春里雨是那种细得让你无法察觉的"雨丝"，风是薄薄的"风片"。"细雨湿流光"这五个字，王国维[△]评价"能摄春草之魂"。春草是有魂魄的，谁抓住了它的魂魄？细雨打湿"流光"，简直把春草的魂魄都吸走了。

而流动在苏东坡笔端的那幅春景呢，"花褪残红青杏小，燕子飞时，绿水人家绕。"早春喷薄出的杏花，如今花瓣凋零，花蕊里面包裹着的小果子渐渐长大，青杏虽小，但春已渐渐老去。"燕子飞时，绿水人家绕。"一个"飞"，一个"绕"，眼前一切风景都在流动，亦幻亦真。"枝上柳绵吹又少，天涯何处无芳草！"春风扶摇，残存的柳絮越来越少，柳条渐密，时在暮春。这一个时刻，放眼四望，芳草萋萋，遍布天边，"天涯何处无芳草"，已经找不到没有绿意的地方了。这是生机蓬勃的春天，"春草如愁"，这就是寄托在春草上的时间的流逝感。

北宋极擅写婉约词的秦观，也有他的一片春草。

"倚危亭，恨如芳草，萋萋刬^{△△}尽还生。"一上来就说他的恨像茂盛的春草，因为他心藏无法释怀的忧伤。有的时候我们喝酒，但发现借酒浇愁愁更愁，我们想要了断，却发现抽刀断水水更流。我们以为离恨恰如春草，草可以铲去，但"萋萋刬尽还生"。你以为忘记了，你以为离开了，但是某一个时刻突然看见它分明又在眼前了。这是什么样的"恨"萦怀不去……"念柳外青骢别后，水边红袂分时，怆

△ 王国维（1877—1927），中国历史学家，语言文字学家，文学家。字静安，一字伯隅，号观堂，浙江海宁人。陈寅恪认为王国维的学术成就"几若无涯岸之可望，辙迹之可寻"。著述甚丰，以《观堂集林》最为著名。

△△ 刬（chǎn）：削去，铲平。

[北宋]贺铸《青玉案》

凌波不过横塘路，但目送、芳尘去。[1]锦瑟年华[2]谁与度？月桥花院，琐窗朱户，[3]只有春知处。 飞云冉冉蘅皋[4]暮，彩笔新题断肠句。若问闲情都几许？一川烟草，满城风絮，梅子黄时雨！

[1] 凌波：曹植《洛神赋》描写美丽的洛水女神踏着水面优雅地走来，那样子是"凌波微步，罗袜生尘"，后世的文人们非常着迷于这个意象，"凌波不过横塘路，但目送、芳尘去"正是从"凌波微步，罗袜生尘"变化而来的，形容一位美女虽然令自己心动，却并不为自己停留，自己只能怅然地目送她远去。心细的读者会发现一个矛盾，美女既然"凌波"而行，踏起的只能是水花，却怎么可能是"芳尘"呢？这是一种比喻的手法，是形容洛水女神行走在水波上就如同行走在大道上一样。

过：这里的"过"不是"经过"的意思，而是"至""到"的意思。

横塘：地名。江南水乡有很多地方叫横塘，这里的横塘应该就在贺铸的苏州别墅一带，贺铸将那座别墅命名为"企鸿居"，这名字的含义是他企慕着一位翩若惊鸿的女子。

[2] 锦瑟年华：美好的年华。李商隐写过一首《锦瑟》，前两句是"锦瑟无

然暗惊。"青青翠柳之外，我在马上，你在船头——我的青骢马映着你的红衣袖，这一相别再未相逢，我的内心能不怅然悲伤吗？这是离恨，也是春愁。

春愁是什么？李后主的愁是"离恨恰如春草"，是"问君能有几多愁，恰似一江春水向东流"。李清照的愁是"只恐双溪舴艋△舟，载不动许多愁"。贺铸的愁呢？他连着给出几个意象："若问闲情都几许？一川烟草，满城风絮，梅子黄时雨！"这三个意象，三幅画面，非常漂亮——"一川烟草"，你的脚下，都是萋萋芳草；"满城风絮"，你的天空，满眼蒙蒙的柳絮飞扬；在天和地之间，还有梅子成熟时丝丝缕缕永不停歇的黄梅雨。这三样东西加在一起，你还不明白什么叫春愁吗？

◆ 延伸阅读 ◆

南唐·李煜《清平乐》

别来春半，触目愁肠断。砌下落梅如雪乱，拂了一身还满。 雁来音信无凭，路遥归梦难成。离恨恰如春草，更行更远还生。

△ 舴艋（zéměng）：小船。

34

五代南唐·冯延巳《南乡子》

细雨湿流光，芳草年年与恨长。烟锁凤楼无限事，茫茫。鸾镜鸳衾两断肠。　　魂梦任悠扬，睡起杨花满绣床。薄幸不来门半掩，斜阳。负你残春泪几行！

北宋·苏轼《蝶恋花》

花褪残红青杏小，燕子飞时，绿水人家绕。枝上柳绵吹又少，天涯何处无芳草！　　墙里秋千墙外道，墙外行人，墙里佳人笑。笑渐不闻声渐悄，多情却被无情恼。

北宋·秦观《八六子》

倚危亭，恨如芳草，萋萋刬尽还生。念柳外青骢别后，水边红袂分时，怆然暗惊。　　无端天与娉婷，夜月一帘幽梦，春风十里柔情。怎奈向、欢娱渐随流水，素弦声断，翠绡香减。那堪片片飞花弄晚，蒙蒙残雨笼晴。正销凝，黄鹂又啼数声。

南宋·李清照《武陵春》

风住尘香花已尽，日晚倦梳头。物是人非事事休，欲语泪先流。　　闻说双溪春尚好，也拟泛轻舟。只恐双溪舴艋舟，载不动许多愁。

端五十弦，一弦一柱思华年"，是文学史上第一次将"锦瑟"这种乐器与"美好年华"联系在一起，贺铸的"锦瑟年华"正是脱胎于李商隐的这两句诗。

[3] 月桥：古人为赏月专门修筑的高台。

花院：位于花木丛中的台榭。榭（xiè）是古代修建在高台上的一种木屋，通常临水而建，称为水榭，是富贵人家休闲观景的地方。

琐窗：镂刻有连琐图案的窗棂。琐（suǒ）：古人将玉石镂刻成连环，叫作"琐"，这个字是王字旁，凡是王字旁的字在古代基本都和玉器有关。后来人们改用金属来做成连环，比如我们最常见的锁链，所以才造了一个新字，用金字旁来替换王字旁，这就是"锁"。

朱户：朱红色的门户。中国古代是一种等级社会，颜色是等级的一种重要标志，高等级的人要自惜身份，不能使用低等级的颜色，而低等级的人如果妄用高等级的颜色就是犯罪。天子赏赐功臣也有不同的赏赐等级，最高级的封赏叫作九锡。"锡"通"赐"，"九锡"就是赐给九种东西，这九种东西里的第六种就是"朱户"，受赏的人从此可以把自家的大门刷成朱红色，所以后人会把达官显贵之家称为"朱户"或"朱门"。

"月桥花院，琐窗朱户"，现在我们可以从这句话里知道，贺铸恋上的这位女子可不是什么普通人家的女子，而是住在豪门显贵的深宅大院里。这女子在深宅大院里究竟"锦瑟年华谁与度"，这当然是

35

贺铸不可能了解的，所以他才会感叹说："只有春知处。"

[4] 蘅皋：长着香草的水泽中的高地。皋（gāo）：水边的高地。

◆ 知识点 ◆

贺铸这首词是宋代名篇中的名篇，在当时便大受人们的追捧，填词名家们纷纷追和这首词，也就是用这首词的词牌和韵脚重新创作，蔚然形成北宋词坛的一大盛事。当时的填词风格已经分出了婉约和豪放两种，婉约词以秦观的作品最受推崇，而贺铸写出这首《青玉案》的时候，秦观刚刚去世，于是，秦观的好友，北宋的文坛宗主黄庭坚，认为在秦观之后能写出这种感人词句的只有贺铸一人。

◆ 诗人简介 ◆

杜牧（803—853），唐文学家。字牧之，京兆万年（今陕西西安）人。其诗在晚唐成就颇高，后人称杜甫为"老杜"，称杜牧为"小杜"。又与李商隐并称"小李杜"。

薛道衡（540—609），隋代诗人。字玄卿。其诗辞藻华艳，边塞诗较为雄健。《昔昔盐》中"空梁落燕泥"句，颇为人传诵。

李煜（937—978），五代时南唐国主。字重光，初名从嘉，号钟隐，世称李后主。其词形象鲜明，语言生动，在题材与意境上突破了晚唐五代词以写艳情为主的窠臼。

苏轼（1037—1101），北宋文学家、书画家。字子瞻，号东坡居士，眉州眉山（今属四川）人。文汪洋恣肆，明白畅达，为"唐宋八大家"之一。诗清新豪健，善用夸张比喻，在艺术表现方面独具风格。与黄庭坚并称"苏黄"。词开豪放一派，对后代很有影响。

秦观（1049—1100），北宋词人。字少游、太虚，号淮海居士。文辞为苏轼所赏识，是"苏门四学士"之一。工诗词。词多写男女情爱，也颇有感伤身世之作，风格委婉含蓄，清丽雅淡。诗风与词相近。

贺铸（1052—1125），北宋词人。字方回，号庆湖遗老。好以旧谱填新词而改易其调名，谓之"寓声"。其词风格多样，善于锤炼字句，又常运用占乐府及唐人诗句入词。

春啼呖呖：只道不如归去（春之意象之二）

　　我们为什么要爱诗歌？我们为什么关注意象？并不是它能够让我们今天不发愁，而是我们的愁能有所托付，可以言说。它不能让我们今天少掉很多惶惑，但是惶惑之中，我们知道有所陪伴了，这样就好。这些萋萋芳草，它们越发繁盛，就越能够反衬出荒凉。

　　在咏春诗里春草太多了，我们说不完，我只是在想，下一个春天里，我们能为自己去寻觅一点天涯芳草吗？如果看得见，这个意象就开在自己的心里。

　　春天还有许多声音，我们再来说说"春啼"。

　　春天是谁的季节呢？是杜鹃的季节。杜鹃又名子规，我们常说"子规啼血"，传说蜀帝杜宇死后化为子规，它的口舌都是红的，一开口啼鸣，就被人误认为满口啼血心有不甘。这个鸟恰恰就在春天啼鸣。辛弃疾听啊听，"细听春山杜宇啼，一声声是送行诗"，听的是送别的诗行。晏几道听啊听，"十里楼台倚翠微，百花深处杜鹃啼"，绵延旖旎的十里楼阁紧挨着翠微色的空山，百花丛中，子规们还叫得特别殷勤，"殷勤自与行人语，不似流莺取次飞。"鸟性也是有分别的，像那些流莺，它就那么唱着歌，飞来飞去很随意，它才不在乎谁是谁；但是子规不一样，"殷勤自与行人语"，它就盯住了我，它那么殷勤，一声一声，不停地要跟我说话。"惊梦觉，弄晴时，声声只道不如归。"它非得把我从陶醉的好梦里叫醒，偏偏满眼里丽日晴天，这么一个好时候，我听见了，我也听懂了，我知道你到底要跟我说什么，无非"声声只道不如归"！人们老说"子规啼血"，子规的叫声听起来仿佛就是在说"不如归去，不如归去"。诗人终于被它叫得心理崩溃，他喃喃告诉子规，你难道觉得我不想回去吗？我难道不知道该走吗？"天涯岂是无归意，争奈归期未可期。"人在天涯，我怎么没有回去的心？但是"归期未可期"，身不由己，我还不知道回去的那个日子究竟是什么时候啊……这就是人在天涯听到的"子规啼血"。

当然，今天是不可能在大都市里听见"子规啼"了，连麻雀啼叫都少见。面对我们的孩子，真不知道怎么跟他们去讲这些啼鸟的诗意。我们现在只能听听笼子里的鸟叫，只能带着孩子去动物园的飞禽馆，看一看铁丝网里的飞翔。今天的都市人，哪里还听得出子规血色舌尖婉转的那一点恨意？

秦观写《踏莎行》："雾失楼台，月迷津渡，桃源望断无寻处。可堪孤馆闭春寒，杜鹃声里斜阳暮。"人在楼台之上，但"雾失楼台"；远望渡口，但"月迷津渡"。人所在不知何方，人心之所往不知何处。就在这样一个"桃源望断无寻处"，天地茫茫托身无所的时刻，诗人客途羁旅，不胜春寒，蓦然听见"杜鹃声里斜阳暮"，一天又过去了。此情此景，情何以堪？人有多少情浓，子规啼血就有多少悔意和惆怅。人在天涯的时候，听到莺啼燕语子规鸣，都愿意托给它一点点使命，让它为自己去完成一点点心愿。

李商隐写《天涯》，什么是真的天涯啊？

春日在天涯，天涯日又斜。
莺啼如有泪，为湿最高花。

41

◆ 诗歌详注 ◆

[北宋]秦观《踏莎行·郴州旅舍》[1]

雾失楼台，月迷津渡，桃源望断无寻处[2]。可堪[3]孤馆闭春寒，杜鹃声里斜阳暮。　　驿寄梅花，鱼传尺素，[4]砌成此恨无重数[5]。郴江幸[6]自绕郴山，为谁流下潇湘去？

[1] 踏莎（suō）行：词牌名。郴（chēn）州旅舍：词题名。在填词兴起的初期，只有词牌，没有词题，后来随着词这种文学体裁渐渐从歌女之词演变为文人之词，词的内容越来越丰富，也越来越私人化了，于是词题开始出现，甚至在词牌之下还出现了或长或短的序言来交代创作背景。

郴州，在今天的湖南境内。秦观生活的时代正是宋代党争激烈的时代，因为家庭出身、师友关系和政治立场的不同，官僚士大夫们分成了不同的党派，每个党派都各自的灵魂人物。秦观只做过低级官员，在政坛上是个微不足道的角色，但因为他备受苏轼的赏识，而苏轼又是所谓旧党的灵魂人物之一，所以他在仕途上随着苏轼一荣俱荣，一损俱损。在旧党再一次失势的时候，秦观也再一次受到贬谪，被贬出京城，到遥远的郴州任职，这是秦观一生中最低谷的时期。秦观生性多愁善感，当他到了郴州之后，在旅社里看到大雾弥漫，触景生情，写下了这首令人肝肠寸断的《踏莎行》，这是北宋婉约词中最著名的若干佳作之一。

[2]桃源：这个桃源既是实指，也是虚指。郴州东北有一座苏仙岭，因为汉人苏耽在这里得道成仙而得名，道家称这里为天下第十八福地。苏仙岭上最著名的地方是桃花洞和桃花溪，秦观在郴州旅舍隔着大雾向桃花洞和桃花溪远眺，却什么都看不到，正是"桃源望断无寻处"。但是，含义如果仅仅如此，这两句词也就无足可观了，这词句之所以耐人寻味，是因为"桃源"还会让人想起《桃花源记》里的那个桃源，那个远离世俗纷争的世外桃源。我们只要领会了这层意思，就会晓得秦观当时精神上是何等苦闷。

[3]可堪：哪堪。

[4]驿寄梅花，鱼传尺素：形容自己与友人书信往来。"驿寄梅花"是南北朝时的一则掌故。陆凯从南方寄了一枝梅花给北方的好友范晔，并且赠诗一首说："折梅逢驿使，寄与陇头人。江南无所有，聊赠一枝春。""鱼传尺素"是化用一首古乐府的内容："客从远方来，遗我双鲤鱼。呼儿烹鲤鱼，中有尺素书。"尺素：指一尺左右长的白色生绢，古人多用来写信。

[5]无重数：即"无数重"，为了音律和韵脚而颠倒来写。

[6]幸：这里的意思相当于"本"，这是"幸"的比较少见的一个义项。

◆ 知识点 ◆

这首词是秦观的全部作品中最富于悲剧性的一首，结尾两句"郴江幸自绕

日暮西斜，人在天涯，我听见了春莺啼叫，声声啼鸣里隐隐含泪。黄莺啊，请你帮我做一件事情吧：趁着春花未凋，如果你真的有泪，就替我去打湿春日枝头最高的那一朵花吧——替我去诉说，去感动遥不可及的那一个人。这样的话说出来，后人评："意极悲，语极艳。"内心的意绪如此悲凉，说出来的词句如此明艳，寥寥二十个字，意味无穷尽。很多人说李商隐的诗太难懂，都知道他的诗好，诗中的含义却总是那么朦胧不明，所以老有人考据这是哪年写的，这是什么路上写的，这后面有一段什么样的故事。后来还是有人很聪明地评道，你看《天涯》这样的诗，"不必有所指，不必无所指，言外只觉有一种深情。"△他有所指，无所谓，你不必知道；他无所指，无所谓，不一定非有寄托。你只要读完这二十个字，心中感受到那种深情就够了。

这就是汤显祖说的那种深情，叫"情不知所起，一往而深"。人生有情，就会被不同的季节唤醒。真能在春日中含情，就能懂得所有春鸟的啼鸣，那是让你春伤涌动的一个引子。"春啼"，是春天永恒的意象之一。

◆ 延伸阅读 ◆

南宋·辛弃疾《浣溪沙》

细听春山杜宇啼，一声声是送行诗。朝来白鸟背人飞。　　对郑子真岩石卧，赴陶元亮菊花期。而今堪诵北山移。

北宋·晏几道《鹧鸪天》

十里楼台倚翠微，百花深处杜鹃啼。殷勤自与行人语，不似流莺取次飞。　　惊梦觉，弄晴时，声声只道不如归。天涯岂是无归意，争奈归期未可期。

郴山，为谁流下潇湘去"曾经被苏轼激赏。这样的结尾在写作手法上叫作"以景结情"，会造成一种意在言外、言尽而意不尽的效果。同时，也正是因为言尽而意不尽，词句里的含义便没有一种确切的解释，不同的人会产生不同的理解。这正是诗词作品的魅力所在，是诗词不同于说明文、议论文的地方。不过，对于初阶读者，不妨以程怡先生的解读作为理解这两句词的参考："这两句词很可能是向朋友表示，尽管我被看作是苏轼的朋党而流放潇湘，但我觉得，就像郴江本来就绕着郴山一样，我之所以会成为苏轼的朋党，全然是因为我不可移易的天性。"

◆ 诗人简介 ◆

辛弃疾（1140—1207），南宋词人。字幼安，号稼轩，历城（今山东济南）人。一生力主抗金。其词抒写力图恢复国家统一的爱国热情，倾诉壮志难酬的悲愤，对当时执政者的屈辱求和颇多谴责；也有不少吟咏祖国河山的作品。

晏几道（1038—1110），北宋词人。字叔原，号小山。晏殊第七子。其词长于小令，多追怀往事，凄楚沉挚，深婉秀逸。

李商隐（约813—约858），唐诗人。字义山，号玉谿生。擅长律、绝，富于文采，构思精密，情致婉曲，具有独特风格。然因用典太多，或致诗旨隐晦。与杜牧并称"小李杜"，又与温庭筠并称为"温李"。

春柳依依：挽一段流光赠别离（春之意象之三）

　　春天还有什么意象？春意蓬勃，一年时光上路时，人们也纷纷上路，所以春天多送别。送别的时候就出现了一个意象，叫作"灞桥折柳"。"柳"字谐音"留"，所以在送别的时候，折柳便意味着挽留。送你柳枝，它渺渺绵绵、丝丝悠长，让你觉得是人心牵绊，让你体会它是挽留你的一片心情。所以，离别的那一刻，柳丝间系上了眷恋。

　　李商隐的《离亭赋得折杨柳》写了两首咏柳的诗。一首说"暂凭樽酒送无憀，莫损愁眉与细腰。人世死前惟有别，春风争拟惜长条"。他充满怜爱地对心爱的女子道别说，"暂凭樽酒送无憀"，我喝着酒，内心的愁闷、烦恼没法寄托，酒消不了，我就看看你，请你珍重，不要损伤了你的愁眉和细腰——因为过去形容美人，说她柳眉妩媚，说她柳腰纤细，不要让忧愁伤了你的眉，不要让憔悴伤了你的腰。接着他忽然说了非常沉痛的一句话，"人世死前惟有别"，人生一世，离世之前，还有无数离别，柳枝也还要无数次被送别的人折断。

　　第二首，"含烟惹雾每依依，万绪千条拂落晖。为报行人休尽折，半留相送半迎归。"你看这样的柳丝，含烟惹雾，依依地恋着人心，万绪千条都在夕阳落晖中变得朦胧。让人伤春之心中涌起怜惜，那就不折杨柳了吧，让它留在这里，一半的柳丝寄托送别的心绪，一半的柳丝飞舞，迎着旅人的归来。那一点点归来的寄托仍然嘱托在柳丝之上。

　　有时候我也在想，古代的人看到的春草，我们的都市马路上看不着了；古人听见的春啼声，城市的喧嚣里听不见了；看看柳条吧，都已经在公园了。现在的人们相送时谁还送柳枝？可能都去买一件水晶的首饰或者一支金笔，或者一块佩玉，没有人去送不值钱的柳条了吧。芳草、斜阳、柳丝、莺啼都是无价的，但是在今天都远离了我们。我们还回得去生命中那些不需要金钱去买来的春天吗？那些春天也真

[唐]刘希夷《代悲白头翁》

洛阳城东桃李花，

飞来飞去落谁家？

洛阳女儿惜颜色，

行逢落花长叹息。

今年落花颜色改，

明年花开复谁在？

已见松柏摧为薪，

更闻桑田变成海。[1]

古人无复洛城东，

今人还对落花风。

年年岁岁花相似，

岁岁年年人不同。

寄言全盛红颜子，

应怜半死白头翁。

此翁白头真可怜，

伊昔红颜美少年。

公子王孙芳树下，

清歌妙舞落花前。

光禄池台文锦绣[2]，

将军楼阁画神仙。

一朝卧病无相识，

三春[3]行乐在谁边？

宛转蛾眉能几时？

须臾鹤发乱如丝。

但看古来歌舞地，

惟有黄昏鸟雀悲。

[1] 松柏摧为薪：松柏被砍伐成柴。

桑田变成海：女仙麻姑曾对王方平说自己

见过东海三为桑田，后人以"沧海桑田"

的随着这些信物走远了吗？花开花落，春去春来，蕴含着宇宙无穷、人生有限这个永恒的矛盾，蕴含着多少个体生命价值的思考探索，我们今天难道不想了吗？人的春愁、人的春思是永无停歇的。

《诗经·小雅·采薇》最后一章里的句子依然惊心动魄，"昔我往矣，杨柳依依。今我来思，雨雪霏霏……"人在征途之上，当年走的时候是杨柳依依，但现在回来的时候，已经是雨雪霏霏了。在那样一条远行的路上，谁能够知道我内心的哀伤呢？我们都经历过杨柳依依，我们都见过雨雪霏霏，要怎么样才能够把人生春秋的变化，在一年四季的流光中串联起来呢？

刘希夷写下的《代悲白头翁》说："洛阳城东桃李花，飞来飞去落谁家？洛阳女儿惜颜色，行逢落花长叹息。今年落花颜色改，明年花开复谁在？已见松柏摧为薪，更闻桑田变成海。古人无复洛城东，今人还对落花风。年年岁岁花相似，岁岁年年人不同。"洛阳城是一座繁华的城市，到了武则天的时候，又建为帝国的东都，一直人来人往，看尽了繁华美景。今天的洛阳还有花卉，但是今天还有多少人在问"年年岁岁花相似，岁岁年年人不同"？我们今天还有这样一种面对着蓬勃春意，感慨着时光飞逝的悲伤吗？

中国的诗词真的是要念的，平白如话，

朗朗上口。像《代悲白头翁》，我们就是念一遍，内心也会有一些春风拂漾，有一些春思涌动，可以湿润了眼睛。

◆ 延伸阅读 ◆

《诗经·小雅·采薇》
采薇采薇，薇亦作止。
曰归曰归，岁亦莫止。
靡室靡家，猃狁之故。
不遑启居，猃狁之故。
采薇采薇，薇亦柔止。
曰归曰归，心亦忧止。
忧心烈烈，载饥载渴。
我戍未定，靡使归聘。
采薇采薇，薇亦刚止。
曰归曰归，岁亦阳止。
王事靡盬，不遑启处。
忧心孔疚，我行不来。
彼尔维何？维常之华。
彼路斯何？君子之车。
戎车既驾，四牡业业。
岂敢定居？一月三捷。
驾彼四牡，四牡骙骙。
君子所依，小人所腓。
四牡翼翼，象弭鱼服。
岂不日戒？猃狁孔棘。
昔我往矣，杨柳依依。
今我来思，雨雪霏霏。

比喻世事变迁。

[2] 光禄池台：代指达官显贵的园林。光禄：光禄勋，官名。文锦绣：装饰着绚烂的锦绣。"文"原本是"纹理""花纹"的意思，今天的"文身"之"文"还保留着这个古代原初的用法。

[3] 三春：孟春、仲春、季春。

◆ 知识点 ◆

传说刘希夷在写出"今年落花颜色改，明年花开复谁在"之后，认为这是不祥之语，急忙删掉，没想到随后吟出的"年年岁岁花相似，岁岁年年人不同"仍然有不祥之感。刘希夷于是感慨道："死生有命，难道这些虚言就可以定人生死吗？"便将这两联一起保留了下来。刘希夷的舅舅宋之问也是一个有名的诗人，读到"年年岁岁花相似，岁岁年年人不同"，分外喜爱，在得知外甥还不曾把这首诗公开之后，便请他将这两句诗转给自己，当作自己的作品。刘希夷当时不好回绝，勉强答应了下来，但最后还是照原样公布了这首诗。宋之问怒不可遏，派家丁用土囊压死了他，这一年刘希夷还不到三十岁。

行道迟迟，载渴载饥。

我心伤悲，莫知我哀。

◆ 诗人简介 ◆

　　刘希夷（651—约679），唐诗人。字庭芝。其诗以歌行见长，多写闺情、从军，辞意柔婉华丽，且多感伤情调。《代悲白头翁》有"年年岁岁花相似，岁岁年年人不同"句，相传其舅宋之问欲据为己有，希夷不允，之问竟遣人用土囊将他压死。

流水落花春去也，天上人间

秦观说："韶华不为少年留。恨悠悠，几时休？飞絮落花时候一登楼。便做春江都是泪，流不尽，许多愁。"这是一个什么时节？是一个人的少年时光留不住的季节。所以这个时候，飞絮落花，人想要去登楼，然后看见满眼春江，就算春江都是泪，也流不尽他许多愁。春恨多深啊！

我们今天可能会说，春恨无聊。现实的烦恼已经这么多，为什么在诗词里还要给我们添愁增恨呢，诗词难道不是为了解忧的吗？有时候我想，今天我们期待那种有品质的快乐，但有品质的忧伤就很难得了。我们有很多的烦恼，因为失业，因为失恋，因为失去身边有形的拥有。但是，烦恼不是忧愁，忧愁是你骨髓深处悲天悯人的情怀，是人看见自然流光带走世界上更多有价值的东西时那种深深的悲叹。真正的忧伤是人生有情，对人世间一切的不公正，对那些更弱势者的同情和相助。所有这一切，需要人心柔软，需要自己的心能够在流光中有一种唤醒，有一种珍惜。

为什么古人会伤春，会惜春？说到底是他们心中有春愁，有深情，最后人间多少风

◆ 诗歌详注 ◆

[北宋]秦观《江城子》[1]

西城[2]杨柳弄春柔。动离忧，泪难收。犹记多情曾为系归舟。碧野朱桥当日事，人不见，水空流。 韶华不为少年留。恨悠悠，几时休？飞絮落花时候一登楼。便做春江都是泪，流不尽，许多愁。[3]

[1] 在一次党派斗争中，秦观受到牵连，从京城被贬到杭州，秦观在满腔愁怨中写下了这首词。

[2] 西城：指北宋都城汴京的西门外，那里有一座金明池，是当时著名的游览胜地，池塘的岸边种满了垂柳。

[3] 便做春江都是泪，流不尽，许多愁：李煜有名句"问君能有几多愁，恰似一江春水向东流"，秦观把愁绪表达得更深，说自己的愁绪比一江春水更多。"便做"的意思是"纵使"，"做"有"使"的意思。

◆ 知识点 ◆

古往今来，最基本的人生问题其实没有发生多大的变化，诗词的主题也永远围绕着这一些基本的人生问题，诸如生老病死、离愁别恨，所以我们简直可以夸张一点来说：所有的话都已经被前人说尽了。那么，如果一种情绪虽然被前人表达过了，但表达得不够出彩，后人还有发力的空间；倘若前人不仅表达过了，还表达得

极其出彩，后人便只有做翻案文章了。形容愁绪无边，李煜已经说过"问君能有几多愁，恰似一江春水向东流"，已经写到了极致，这就逼得秦观说出更极端的话来。其实仔细想来，"便做春江都是泪，流不尽，许多愁"就真的比"恰似一江春水向东流"的愁绪更深吗？这就像在问你是整数的集合和正整数的集合哪个更大一样。

所以说前人的佳作对于后人来说既是财富，也是阻碍，如果突破阻碍的难度实在太大，那就只好改弦更张、另辟蹊径了。之所以任何一种文体都不会长盛不衰，正是这个道理。

景还是落在自己的心事上。

春天会惹动每个人心底各样的春愁，有时更会撩起各样恼人的春恨，一发而不可收拾。最深的春恨是家国之悲。投降宋朝的后主李煜，他在春天里听见了什么又看见了什么？那样一个不眠深夜，听见"帘外雨潺潺，春意阑珊"。在潺潺的雨声中，一个春天又凋谢了。"罗衾不耐五更寒"，身上的被子耐不住阵阵袭来的夜寒。为什么会感觉到冷呢？惊醒之后才知道，"梦里不知身是客，一晌贪欢。"刚刚做了一个梦，梦见了故国的江山，梦见了当年的胜景乐事，但如今身在北方，北方暮春的凄冷从肌肤一直透入心底。醒来之后，知道了自己"客居"的身份，于是告诫自己，"独自莫凭栏，无限江山。别时容易见时难。"上了楼台就要远眺，就要想念故国的无限江山。什么时候再相见？今生还会再相逢吗？"流水落花春去也，天上人间。"

仍是李后主的词："林花谢了春红，太匆匆。"这么快春花都谢尽了吗？真快啊！"无奈朝来寒雨晚来风"，人生经得起这样的忧伤吗？早晨下着寒雨，晚间起了骤风，这样的风雨消磨，春红怎么能留住呢？突然想起当年的离别，留下了多少宫娥，那一刻涕泪相送，"胭脂泪，留人醉，几时重？"还

能够回去看她们吗？还能够为她们拭去泪花吗？"自是人生长恨水长东！"人生总是愁绪不绝，江水总是东流不歇，这是永恒的规律。年年春来，年年春去，故国江山不可重逢，良辰美景不可再现，这就是李煜的春天。

◆ 延伸阅读 ◆

南唐·李煜《浪淘沙令》

帘外雨潺潺，春意阑珊。罗衾不耐五更寒。梦里不知身是客，一晌贪欢。　　独自莫凭栏，无限江山。别时容易见时难。流水落花春去也，天上人间。

南唐·李煜《相见欢》

林花谢了春红，太匆匆。无奈朝来寒雨晚来风。　　胭脂泪，留人醉，几时重？自是人生长恨水长东！

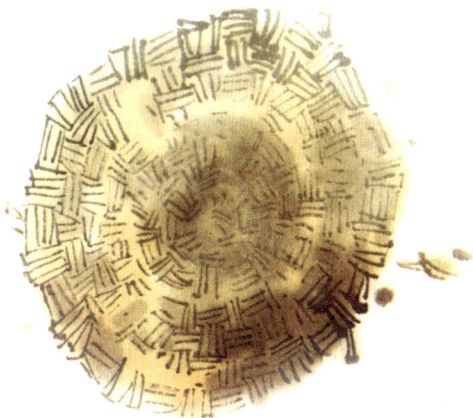

[唐]杜甫《春望》

国破山河在，城春草木深。[1]
感时花溅泪，恨别鸟惊心。
烽火连三月，家书抵万金。
白头搔更短，浑欲不胜簪。[2]

[1] 国破山河在：山河依旧，但国家已经破败，国都也换了主人。城春草木深：一座熙熙攘攘的城市是不可能"草木深"的，草木疯长说明的正是人烟稀少。

[2] 白头搔更短，浑欲不胜簪：《孝经》中有一句名言说"身体发肤，受之父母，不敢毁伤"。在儒家传统里，头发是"受之父母"的，所以理发属于"不孝"的行为。古代虽然也有"理发"一词，但意思是"梳理头发"，而不是修剪头发。古人的头发长了，就要束起来，用簪子别住，这叫"束发"，有身份的人在成年之后会戴冠，冠也需要用簪子别在头发上。杜甫这两句诗是形容自己头发稀疏，连簪子都别不住了。

◆ 知识点 ◆

杜甫有名句"读书破万卷，下笔如有神"，杜甫很多诗句都是从"读书破万卷"里得来的。就在这首《春望》里，"家书抵万金"原来是王筠的话，王筠久在疆场，收到家书之后说"抵得万金"；初唐学者颜师古还说："王筠意思真堪笑，却把家书抵万金。""白头搔更短，浑欲不胜簪"则出自鲍照的诗："白发零

▌一个人走过的春天 ▌

我们来跟着一个人走过春天。那就是杜甫。

大家都熟悉杜甫的《春望》，"国破山河在，城春草木深。感时花溅泪，恨别鸟惊心。"这首诗写在安史之乱爆发的第三年，也就是公元757年，长安已经沦陷了。这样一个烂漫早春，草木深深，花鸟有情，因为感慨时事的剧烈变化，伤感战乱中无数的生离死别而"惊心""溅泪"。国家虽然破碎，山河犹在，杜甫做了一件勇敢的事。他当时没什么官方身份，却断然地把妻儿家小安顿在鄜州△乡村，一个人离家去追随唐肃宗，但是在路上被叛军抓住，又被押送回来。

在乱离之中，他说："烽火连三月，家书抵万金。白头搔更短，浑欲不胜簪。"诗人回到沦陷的长安，觉得自己的头发越来越少了，连个簪子都别不住。一心牵挂着自己的家小，却家书难得。这是一个多么伤痛的春天。国破了，家散了，自己的君王也追随不到。杜甫被叛军所虏押回长安时，很多有身份的官员此时都被囚禁，但杜甫连囚禁的待遇都达不

△ 鄜（fū）州：现陕西富县。

到，因为他太没身份，都没有人囚禁他。他只有困顿于长安城中，蹉跎着生命。

也是在这个时候，他写了《哀江头》。他走到曲江边，"少陵野老吞声哭，春日潜行曲江曲。"看看这三个字"吞声哭"，不敢悲号，不敢纵声，他连哭都是忍着，哽咽着，一声一声吞着自己的声音。走在春花烂漫的曲江池边。"江头宫殿锁千门，细柳新蒲为谁绿？"原来的宫殿已经上了锁，但是柳条依依。在这样的萋萋春柳之下，杜甫开始回忆，当年院中的万物颜色是那么鲜明，当年那个常伴君王侧的杨贵妃，现在又在哪里？每年春水起，每年春花开，人事有过几番代谢，春水春花却始终轮回不息。

走过这样的伤春，再忍着悲痛往下走，杜甫终于走过他的遥遥八年，盼到了官军收复河南河北的那一天。这首诗被称为老杜"平生第一快诗"，一生中他真的很少写出如此快乐的诗。"剑外忽传收蓟北，初闻涕泪满衣裳。却看妻子愁何在，漫卷诗书喜欲狂。白日放歌须纵酒，青春作伴好还乡。即从巴峡穿巫峡，便下襄阳向洛阳。"△ 如此流利跌宕！这首诗写在唐代宗宝应二年（公元763年）的春天，那时候老杜已经年逾五十。就在前一年，唐军刚刚在洛阳附近的横水打

落不胜簪"。杜甫的诗歌是天才加勤奋而写成的，正是深厚的阅读积累才使他"下笔如有神"。但是，自宋代以后，诗人的文化素养普遍高于唐朝，诗就写得越来越让普通人看不懂了。从文学创作的角度来看，杜甫读书确实读得恰到好处啊。

△ 唐·杜甫《闻官军收河南河北》。

55

了一个大胜仗，把洛阳和现在的郑州、开封几个重镇纷纷收复，紧接着的公元763年正月，叛军头领史思明的儿子史朝义因为兵败自杀，很多叛军将领纷纷投降。就在这个时候，杜甫忽然听见了收复失地的消息，"初闻涕泪满衣裳"。生命经历了这么多蹉跎，终于江山收复了，这一句"初闻涕泪满衣裳"，不必吞声哭了，可以纵声号啕，喜极而泣。

一个书生的喜悦是什么呢？"漫卷诗书喜欲狂"。妻儿欢欣，能回老家了，要从远远的剑门之外回去了，这个时候五十二岁的杜甫说出"白日放歌须纵酒，青春作伴好还乡"。这个青青的春色对他来讲，是伴随他回乡的春天。接下来诗中连用四个地名，从巴峡穿巫峡，从襄阳到洛阳，一笔带过，跑马千里，这还不是生平第一快事吗？这也是发生在一个春天。

当然，能让人欣喜若狂的春天也许并不很多，人生中也不是所有的春天都会春意盎然。即便在最绚烂的春光里，我们有时也难免黯然神伤，有时也难免寂寞萧索，但无论如何，春光总会在触手可及的地方振作着我们的心，在催生着万物生长的同时也无声地催生着我们心底的诗情和希望。

我们每个人今生还会走过很多个春天。春天是诗情最好的载体，有春草绵绵，有春柳依依，有春鸟啼鸣，有春思辗转。就让我们随着这些诗章，随着这些意象，一路走来。不要觉得它们离我们很远，王维当年曾经给过我们一个誓言，"惟有相思似春色，江南江北送君归。"就让我们相信吧，古人的诗情随着一个一个不朽的春天，江南江北一直相陪相送，只要我们的心中还有这些歌唱和吟诵，每一个春天我们都会有蓬勃的诗情。

◆ 延伸阅读 ◆

唐·杜甫《哀江头》
少陵野老吞声哭，春日潜行曲江曲。
江头宫殿锁千门，细柳新蒲为谁绿？

忆昔霓旌下南苑，苑中万物生颜色。
昭阳殿里第一人，同辇随君侍君侧。
辇前才人带弓箭，白马嚼啮黄金勒。
翻身向天仰射云，一笑正坠双飞翼。
明眸皓齿今何在？血污游魂归不得。
清渭东流剑阁深，去住彼此无消息！
人生有情泪沾臆，江水江花岂终极？
黄昏胡骑尘满城，欲往城南望城北。

唐·王维《送沈子福之江东》
杨柳渡头行客稀，罟师荡桨向临圻。
惟有相思似春色，江南江北送君归。

◆ 诗人简介 ◆

　　王维（约701—761），唐代诗人、画家。字摩诘。前期写过一些以边塞为题材的诗篇，但其作品以山水诗最为后世所称道。通过对田园山水的描绘，叙写隐逸情趣和佛教禅理，体物精细，状写传神，具有独特成就。诗与孟浩然齐名，并称"王孟"。

○ 浩荡的秋风 ▎

秋天有最浓郁的色彩，最丰硕的果实。秋天之后便是严冬，一切都将归于华美之后的寥落，秋天也有最伤感的况味。

我们的生命是可以穿越秋风秋雨去成长的。大地渐近萧瑟，生命趋于凋敝，但是能不能安顿，这是人在流光中的一段自持。人可以伤春，可以悲秋，但所有的春恨秋愁走过之后，我们的心被春花秋月涤荡得宁静宽广。这才是诗词各种意象拂过心灵留下的真正意味。

怅望千秋一洒泪

在中国四季分明的北方，如果说春天用了所有花朵和枝叶招摇舒展，向天空致敬，那么秋天就是用了它全部的果实和落叶俯下身来，向大地感恩，并且，心甘情愿，从有到无，用一次彻底的陨落腾空季节，为下轮春风中的从无到有留出足够的生命空白。

如果说春天的花儿是草本的，娇嫩，柔弱，让人怜惜，那么秋天的花儿就是木本的，灿烂，磅礴，让人赞叹。秋光照耀在一树一树的叶子上，把叶子燃烧成花朵，把花朵沉淀成醇酒，铺天盖地，让人陶醉得有些许震撼。

所以，秋天是一个意味深长的季节。

按照中国农耕文明的传统，一年的辛苦劳作要结束了，可以放下手中的农活去张罗些大大小小的人生仪式。很多人婚嫁选在秋天，经商的旅人归家选在秋天，考生赶"秋闱"的科考，也是在秋天的十月左右到达京城。当然还有一些烦恼的事情也发生在这个沉甸甸的季节，比如徭役在秋天的时候很繁重，甚至每一年处决犯人也选在秋天。金秋时节，悲喜交集，难免让人生出很多的感慨。人生逆旅，来来往往，看到这样一个鲜艳的季节在急剧变化，心灵也跟着激荡。

秋天可以看见什么呢？我们从不形容"夏光"或"冬色"，但我们从不吝惜赞叹"秋色""秋光"，可见这个季节一直流淌着色彩，闪耀着光芒。

在秋天，草木从早春的鲜嫩，经历了整个酷暑的蓬勃，一直历练到秋天的丰厚、鲜艳。这个时刻，它把最美的状态呈现在天地之间。

但是，马上就要跌入寒冬了。秋天的盛景如此短暂，草木凋零得迫不及待……逝水带走的不只是落叶，还有流光。人生的匆急之感，最容易在秋天激发。这就是中国传统的"悲秋"。

◆　延伸阅读　◆

唐·杜甫《咏怀古迹五首》（其二）
摇落深知宋玉悲，风流儒雅亦吾师。
怅望千秋一洒泪，萧条异代不同时。
江山故宅空文藻，云雨荒台岂梦思。
最是楚宫俱泯灭，舟人指点到今疑。

[南宋]李清照《醉花阴》

薄雾浓云愁永昼[1]，瑞脑销金兽[2]。佳节又重阳，玉枕纱厨，半夜凉初透。[3]　东篱把酒黄昏后，有暗香盈袖。[4]莫道不销魂[5]，帘卷西风，人比黄花瘦。

[1] 愁永昼：形容在愁绪中越发觉得白昼漫长难挨。

[2] 瑞脑销金兽：形容熏香在香炉里燃烧，上一句里的"薄雾浓云"就是熏香烧出的烟气。瑞脑：一种香料。销：熔化，消融。金兽：有野兽造型的金属香炉。

[3] 重阳：农历九月九日。因为《易经》以"九"为阳数，"六"为阴数，所以人们称九月九日为重阳。民间风俗，在重阳节这一天，亲人们要一起登高赏菊，饮菊花酒。李清照因为在这重阳佳节偏偏和丈夫暌隔两地，所以备感相思之苦。玉枕：宋代流行一种青白瓷枕，青白瓷细腻精致，被誉为"假玉"，李清照所用的"玉枕"很可能就是这种青白瓷枕。纱厨：在木质隔断的镂空处糊以碧纱或彩绘，称作纱厨，大约是一种隔扇门，可以阻挡蚊虫。

[4] 东篱把酒：陶渊明有诗"采菊东篱下，悠然见南山"，后人吟咏菊花的时候便常常使用"东篱"这个意象。黄昏时分，李清照在花篱旁边一边饮酒，一边赏菊，衣袖里满是菊花那幽幽的香气。

[5] 销魂：这里形容一种因极度的伤感而恍惚的精神状态。

何处合成"愁"，离人心上秋

秋叶落，秋花残，秋情深，秋恨起，在这样的时节，为什么人们会如此伤感，如此"悲秋"呢？清代诗人赵翼说得好："最是秋风管闲事，红他枫叶白人头。"这一句诗何等明快！明快中又有着何等惊心！就是这点秋风，它从人间闲闲走过，枫叶在秋风中老去霜红，黑发在秋风里染成白雪。这个时节，看着转瞬即逝的年华，在眼前越来越美丽，越来越沉郁，步履匆匆，走得越来越急。

词人吴文英说："何处合成愁？离人心上秋。""忧愁"的"愁"字怎么合起来的？分离的人看秋色，秋色压在心上，愁绪渐起。人间如果没有分离，没有牵挂，单是望着秋色，何来那么深的感慨呢？只有离人望秋色，心中才有不安，这一点不安就叫作愁。"纵芭蕉不雨也飕飕。""秋雨芭蕉"，总让诗人们想起急迫的时光，流逝的年华。但在这个不堪别离的秋天，芭蕉展开它宽大的叶片，即使没有寒雨，也会觉得秋风飕飕，如此急促，如此清寒。"都道晚凉天气好；有明月，怕登楼。"别人都说晚秋的天气多好，但他们都是没有心事的人。有心事的人在光耀的明月之下，怎么敢登楼啊？楼头月色迎着飒飒秋风，人实在担承不起……今天多少哀愁，乍看是起之无端，其实和季节流光若有若无踩过心上的脚步有关。

在一年深秋重阳，李清照写了一首著名的《醉花阴》，寄给在外面做官的丈夫赵明诚。"薄雾浓云愁永昼，瑞脑销金兽"，日子走到九九重阳，薄薄的秋雾已经弥漫，浓云压下来，整个白天不明朗。不明朗的只是天气吗？还有她那颗含愁的心。秋风袭人，闺房中百无聊赖地看着香烟袅袅而起，"佳节又重阳，玉枕纱厨，半夜凉初透。"一个"又"字，是惊觉时光匆匆，还是想起了去年的重阳？词意宛转，只是说天凉了，无论是枕上还是床边的帷帐，都透着一番寒意。那份轻寒，从肌肤一丝一缕透进心里。"东篱把酒黄昏后，有暗香盈袖。莫道不销魂，帘卷西风，人比黄花瘦。"这一个季节把酒独酌或者对饮，袖间漾起菊花的清香。只是形销骨立的美人啊，比秋风里的憔悴黄菊，还要瘦去几分。

这首词寄到丈夫手里，赵明诚赞叹不已，三分心酸，三分激赏，还有三四分自愧不如。他心有不甘，闭门谢客，废寝忘食地按照李清照的韵脚填了五十首词，把李清照这首词也裹在其中，一并交给自己懂诗词的

◆ 知识点 ◆

这首《醉花阴》是李清照最有名的作品之一，尤其以"莫道不销魂，帘卷西风，人比黄花瘦"三句最为脍炙人口。今天人们谈到李清照，公认她是古代最卓越的女词人，其实在她所生活的那个时代，文人士大夫虽然也很推崇她的才华，更多的却是推崇她的诗，而不是词，甚至还有人觉得她的词过于缠绵绮靡，有伤大雅。那时候人们认为诗才是最高等级的文学形式，词是不入流的雕虫小技，人们以诗而不是词来评判一个人的文学成就。李清照文学地位的提高，实在很得益于词这种文学形式的地位提高。

李清照与赵明诚的婚姻是中国历史上才子配才女的典范。对于才子来说，娶一个才女虽然会有很多常人享受不到的幸福，却同样有很多常人感受不到的压力。李清照的这首《醉花阴》寄到赵明诚手里之后，赵明诚为了与妻子较技，不眠不休地写了五十首词，结果还是输给了妻子。据李清照的亲戚讲，这对夫妻一同住在建康的时候，李清照每逢大雪天就会穿上蓑衣，戴上斗笠，外出游赏以寻诗觅句，每次写好了诗句，一定会邀请赵明诚唱和，赵明诚每每为此苦不堪言。

好朋友陆德夫品评。陆德夫把玩良久，思量再三，最后说："只三句绝佳。"赵明诚追问哪三句，陆德夫道："莫道不销魂，帘卷西风，人比黄花瘦。"

这是李清照当年的"销魂"，写尽了思念的百折千回。在今天，秋风再起的时候，我们会有这样宛转的心事吗？我们能够体会其中的细腻和曲折吗？一个人的心中真正有过这样的感受，再去读诗词，就会有所不同。有的时候，你会觉得她写的那个情景惟妙惟肖，因为你曾经经历过，就像我们有时候走在路上，隐隐地听到邻人唱歌，蓦然心惊——他唱的正是我们心里面哼的那个曲调。在诗词歌赋中，往往都会有这样让我们瞠目结舌的一瞬：这写的不就是我曾经那一刻的心境吗？

◆ 延伸阅读 ◆

清·赵翼《野步》
峭寒催换木棉裘，倚杖郊原作近游。
最是秋风管闲事，红他枫叶白人头。

南宋·吴文英《唐多令》
何处合成愁？离人心上秋。纵芭蕉不雨也飕飕。都道晚凉天气好；有明月，怕登楼。　　年事梦中休，花空烟水流。燕辞归、客尚淹留。垂柳不萦裙带住，谩长是、系行舟。

◆ 诗人简介 ◆

赵翼（1727—1814），清代史学家、文学家。字雲崧，一字耘松，号瓯北，江苏阳湖（今常州）人。乾隆进士。所作五、七言诗中，有些作品嘲讽理学，隐寓对时政的某些不满之情。

吴文英（约1212—约1272），南宋词人。字君特，号梦窗、觉翁。其词或表现上层的豪华生活，或抒写颓唐感伤的情绪。讲究字句工丽，音律和谐，并喜堆砌典故词藻。

多情哪堪清秋节

　　每一个人的人生都在路上，只不过路上的境况不大相同。南唐降臣柳宜的儿子柳永，纵使才情逼人，却坎坷落魄，求取功名屡屡不得。自许"忍把浮名，换了浅斟低唱"，"才子词人，自是白衣卿相"，不想狷介狂言惹烦了宋仁宗，果真在科举中把他黜落了："且去浅斟低唱，何要浮名？"从此，潦倒的柳永自称"奉旨填词柳三变"。

　　这样一个多情才子，一生走过多少心上留痕的清秋节，我们随他一路走过，还能有所休会、获得共鸣吗？柳永在仕途失意，离开汴京，跟恋人依依惜别时，写下了这首著名的《雨霖铃》：

　　　　寒蝉凄切，对长亭晚，骤雨初歇。都门帐饮无绪，留恋处、兰舟催发。执手相看泪眼，竟无语凝噎。念去去、千里烟波，暮霭沉沉楚天阔。　　多情自古伤离别，更那堪冷落清秋节！今宵酒醒何处？杨柳岸、晓风残月。此去经年，应是良辰好景虚设。便纵有千种风情，更与何人说？

　　这首词的开篇，短短三句，意象密集："寒蝉凄切，对长亭晚，骤雨初歇。"看他写的意象：第一句，写声音，蝉声叫得很冷，叫出了一份凄切；第二句写时间，写眼前的长亭走到了尽头，人要离别了，太阳也走到了尽头，一日将尽了；第三句写氛围，骤雨时，两个人都希望雨下得再久一些再大一些，分别的时间就可以再晚一些，但雨终于停了，人不得不上路。空气中到处都是湿润的，人心也湿漉漉的。雨后的这一个瞬间，最让人感伤，让心纷乱。那就再喝一杯酒吧！可是，两个人的心都想着真的要分别了，无情无绪，"都门帐饮无绪，留恋处、兰舟催发"，在两个人茫然相对、在两心依恋到最深的时候，船夫在催了："上船吧，再不走就赶不到下一个地方了。"这一刻的"催发",催得人肝肠寸断。"执手相看泪眼，竟无语凝噎"，双手相握，泪眼相对，两心相依，还有什么话能说得出呢？说眷恋吗？眷恋也要走。说保重吗？对方又不在自己身边。说珍惜吗？为什么今天还是要远离？说重逢吗？重逢又不知归期。说什么样的话其实都不如"无语"，话、泪一切都在"凝噎"二字中，噎在了喉头，噎在了心头。在这个分别的时刻，两个人没有说话，只有蝉鸣和船夫的催促。其实，我们从诗词的节奏上来讲，读到"竟无语凝噎"，人真的好像是跟着他们哽咽了，觉得这首词走到这里走得很生涩，走得不流畅，跌宕到这里似乎就动不了了。但再往下念，"念去去、千里烟波，暮霭沉沉楚天阔"，突然之间词句开阔，境界疏朗了。走吧走吧，纵使前方千里烟波，水阔天高，纵使迷失了自己也要往前走出这一步。

接下来他吟出了千古名句："多情自古伤离别，更那堪冷落清秋节！"在这一笔中，"清秋"的意义被点破。秋天是归来的季节，果实累累，红叶沉沉，人心更多眷恋，更渴望温暖，更希望守在家园。但这个秋天恰恰是分别的季节，让多情的心如何担承？一句"更那堪"，时间仿佛裂了个大洞，离别后独自醉酒，醒来后，置身何处呢？"今宵酒醒何处？杨柳岸、晓风残月。"自己已在摇摇晃晃的船上，依稀看到了杨柳岸边，晓风袭来，残月当空。这一问一答中间的迟疑犹豫，就像一段空白，从离别的长亭到酒醒的杨柳岸，地点忽然变幻了，身边的人儿已不在眼前，眼前唯有凄寒晓风，凋残明月。"此去经年，应是良辰好景虚设。便纵有千种风情，更与何人说？"心中有情有恋，但是人已远，即使眼前有美景，与谁共赏？与谁言说？

柳永的这首词千古不朽，写尽了清秋况味，写尽了离别一瞬所有的无语。自他之后，每逢离别，多少人会在心中默念这首词，体味它的凄切和宛转。《吹剑录》△记载了一个故事：以苏东坡的身份和才学，心中对"奉旨填词"的柳三变还有一点点不甘，有一天他问一个真正善歌之人："我的词比柳七的如何啊？"回

△ 《吹剑录》：笔记。南宋俞文豹撰。内容多评论史事、诗文，以及其他考证，对时政之弊端也有所揭露。

答的人说得真是妙："柳郎中词只合十七八女郎，执红牙板，歌'杨柳岸、晓风残月'。"你想想这番情景：十七八岁、青春貌美、已解风情、已品味过爱恋和离别的女孩子，拿着红牙板，缠绵悱恻地唱着最著名的离别词，倒也醉人。这人又说，学士你的词"须关西大汉，抱铜琵琶，执铁绰板，唱'大江东去'"。由此我们就能看到北宋时豪放派和婉约派的区别，这种区别在词的创作中一直沿袭下来。

柳永另一首著名的词《八声甘州》，还是清秋这等天气，但不同于《雨霖铃》的"对长亭晚"，这一次它对的又是什么呢？

"对潇潇暮雨洒江天，一番洗清秋。渐霜风凄紧，关河冷落，残照当楼。"一个人独在楼头，眼前天上是潇潇暮雨，整个铺天盖地洒下来，冲刷着人间的清秋季节。秋风秋雨愁煞人，秋风紧，秋雨飞，一番洗沥之后，满目寥落景象，"渐霜风凄紧，关河冷落，残照当楼"。这个"渐"字用得好，渐渐地逼紧了。放眼远望，是雨停之后的关河冷落，是雨后的斜阳残照倾洒在楼头。随着霜风，远处的长江，远处的关河、残照都凝聚于一点，凝定于柳永所在的楼头。随着视线的凝聚，让眼前的景物看得更仔细了，心也跟着起了震颤，"是处红衰翠减，苒苒物华休。惟有长江水，无语东流。"这个时

◆ 诗歌详注 ◆

[北宋]柳永《八声甘州》

对潇潇暮雨洒江天，一番洗清秋。渐霜风凄紧，关河冷落，残照当楼。是处红衰翠减，苒苒物华休。[1]惟有长江水，无语东流。　　不忍登高临远，望故乡渺邈[2]，归思难收。叹年来踪迹，何事苦淹留[3]？想佳人妆楼颙望[4]，误几回、天际识归舟。争知我，倚栏干处，正恁[5]凝愁！

[1] 红衰翠减：红花与绿叶都已凋残。苒苒（rǎn）：荏苒，形容时光慢慢流走。物华：自然景物。

[2] 渺邈：遥远而渺茫。

[3] 淹留：长期逗留。

[4] 颙（yóng）望：盼望。

[5] 恁（nèn）：这样，如此。

◆ 知识点 ◆

一个理想的词人不仅应该是文学家，而且首先应该是音乐家才行，因为"词"原本是"歌词"，词的创作是要把文字填进音乐里去，所以作词才叫作"填词"。填词和写诗不同，写诗只需要注意最基本的平仄、对仗，填词则需要考虑每一个字在相应的旋律里是否适合被唱出来。比如苏轼虽然才高八斗，但对音乐不很在行，歌女如果唱苏轼的一些词作就会感到费力。但柳永不同，既是文学家，也是音乐家。他很会作曲，经常自己作曲，自己填

词，这样的词唱起来就很舒服。那时候的歌女很追捧柳永，爱唱柳永的词，这也是一个很重要的原因。像《八声甘州》这样的词牌叫作长调慢词，对填词者的音乐素养要求很高，而这恰恰是柳永可以大展拳脚的地方。可惜词的唱法今天已经失传，我们只能从文字上感受柳永的魅力了。

候，红衰了，翠减了，花落了，叶残了，原本茂盛、蓬勃的草木经历一场秋雨，就走向了衰败，何况人心？有些心事也走向了它的结局。就在这一刻，人还能说什么呢？这一刻，诗人无语，长江无语，所有的心事都付东流水，古今的沧桑都随江水滔滔流去。

长江东流终入海，清秋过后是寒冬，秋天是起程回家的季节，冬天是在家休养的季节。动物会冬眠，人也需要休养生息，北方的老百姓有一个词叫"猫冬"，冬天已经冷得不能再出去干活了，就在家里面猫着一份安顿。但是那些客子呢？"不忍登高临远，望故乡渺邈，归思难收。"人在旅途，还在漂泊着，"红尘犹有未归人"，在这一刻登楼，人往远处看能看见家乡吗？看不见，故乡渺邈，但思归的心却再也收不回来。"叹年来踪迹，何事苦淹留？"这句话说得好！其实，今天的人都应该问问自己"何事苦淹留"。有人想做官，就漂泊在宦游的路上；有人想挣钱，就漂泊在经商的路上。我们每一个人都在路上，都匆匆忙忙，可这些年忙的是什么？得到了什么？悟到了什么？究竟有什么样重要的理由，让我们的心一直留在这段路上，不得回家？"何事苦淹留？"柳永这一句问自己，就看见了那一端等着的人，"想佳人妆楼颙望，误几回、天际识归舟。"那远方，在思绪的另一端，佳人坐在妆楼上，也像诗人这样远眺着，一次一次

地看着天边归舟，暗念"这应该是我家良人归来了吧"。但是船到了，却是别家的旅人。再一艘归舟，应该是他了吧？到了，还不是。柳永说：我在这端想着，真不知道你认错了多少回归舟。但是你别怪我无情，你难道不知道我此刻也和你一样，"倚栏干处，正恁凝愁"？这一端楼头，那一端楼头，同一个时分遥遥相对，这就是清秋寥落的时节，心上秋风叠成的一个"愁"。

旷达的苏东坡很佩服柳永这首词，他评价"渐霜风凄紧，关河冷落，残照当楼"三句是"不减唐人高处"。读柳永这首词，我们想一想这种悲哉之秋气，弥漫于宇宙，积郁于楼头，压在沉沉的一颗心上。虽然柳永是婉约派的代表，但这种悲秋的意境，依旧壮观辽阔。实际上，在我们的生活中，即使有着分离，有着伤感，有着低落，但我们的心开阔，我们的伤感和低落，就不会变成一味的怨天尤人，而变成生命中旺盛的一部分力量，让我们成长，迈过低潮，走向辽阔。

◆ 延 伸 阅 读 ◆

北宋·柳永《鹤冲天》

黄金榜上，偶失龙头望。明代暂遗贤，如何向。未遂风云便，争不恣狂荡。何须论得丧。才子词人，自是白衣卿相。　　烟花巷陌，依约丹青屏障。幸有意中人，堪寻访。且恁偎红倚翠，风流事、平生畅。青春都一饷。忍把浮名，换了浅斟低唱。

◆ 诗 人 简 介 ◆

柳永（约987—约1053），北宋词人。原名三变，字景庄。后改名永，字耆卿，排行第七，崇安（今福建武夷山市）人。其词多描绘城市风光和歌妓生活，尤长于抒写羁旅行役之情。

绿荷凝恨背西风（秋之意象之一）

　　这样的清秋一次一次地远离，又一次一次地走近，岁岁年年。晏殊也曾经站在这样的清秋里——

　　　　槛菊愁烟兰泣露，罗幕轻寒，燕子双飞去。明月不谙离恨苦，斜光到晓穿朱户。　　昨夜西风凋碧树，独上高楼，望尽天涯路。欲寄彩笺兼尺素，山长水阔知何处！△

　　"槛菊愁烟兰泣露，罗幕轻寒，燕子双飞去。"看看栏干外的菊花啊，它仿佛淡淡地蒙着那么一点如烟的哀愁；看看兰草上的露珠，像那么一点点隐隐含着的泪滴。这些花都在愁什么？燕子也成双成对地飞走了，只有明月不解人的心事，整夜整夜地把忧伤照亮。"昨夜西风凋碧树，独上高楼，望尽天涯路。"人在天涯，梦在天涯，望断的还有心中那些不肯罢休的心事。孑然一身，独立高楼，想要把自己的心意托付在信笺之中寄出去，但是水阔山长，又能寄到哪里去呢？

　　在这样清秋寥落的时节，一代一代人的心事，真的停歇了吗？寄不出去，人就不再写下来吗？总会有那样一些不甘的人，一次一次地把心事落在纸上。又在一个清秋时节，晏殊的公子晏几道接着写——

　　　　红叶黄花秋意晚，千里念行客。飞云过尽，归鸿无信，何处寄书得？　　泪弹不尽当窗滴，就砚旋研墨。渐写到别来，此情深处，红笺为无色。

△ 北宋·晏殊《蝶恋花》。

◆ 诗歌详注 ◆

[北宋]晏几道《思远人》

红叶黄花秋意晚，千里念行客[1]。飞云过尽，归鸿无信，何处寄书得？[2] 泪弹不尽当窗滴，就砚旋研墨。[3]渐写到别来，此情深处，红笺为无色[4]。

[1] 千里念行客：思念千里之外的游子。

[2] 鸿：大雁。西汉时期，苏武出使匈奴，被扣留了十年，后来汉朝与匈奴和亲，汉朝的和亲使臣得知苏武仍被秘密扣留，便对匈奴单于说："汉朝皇帝射下过一只大雁，发现大雁的腿上绑着一封书信，信上写着苏武被匈奴扣留的事情。"单于大惊，只好放回了苏武，从此便有了鸿雁传书的典故。

[3] 泪弹不尽当窗滴，就砚旋研墨：形容泪水流进了砚台，于是就以泪水研墨，给千里之外的游子写信。

[4] 红笺：代指信纸。唐代歌伎薛涛设计过一种红色的小幅信纸，很为文人雅士所喜爱，称为红笺，也称薛涛笺。红笺为无色：形容一边写信一边流泪，信纸上的红色颜料被泪水冲淡了。

◆ 知识点 ◆

这首词是以闺中女子的口吻来写的，写她思念远方的爱人，这是古典诗词中既特殊又很常见的写作类型。初学者不了解这种类型，往往会误以为诗词里的主人公

忧伤是代代兴起的，不是说老人经历了，告诉孩子得豁达一点，孩子就不再起新愁。天不老，情难绝，只要有青春，就会有爱恋；只要有别离，就会有相思；只要有心意，就一定会有那些寄不出去的情书。"红叶黄花秋意晚，千里念行客。飞云过尽，归鸿无信，何处寄书得？"云走过，雁归来，都没有带来远方人的情书。即使无音无信，我也止不住要把心迹落在纸上，哪怕永远也寄不出。"泪弹不尽当窗滴，就砚旋研墨。渐写到别来"。眼泪一滴一滴地下来，一直都停不住，索性就着这些泪水研磨，写这寄不出去的情书，慢慢写下分别后的心事。写到情深处怎么样呢？"此情深处，红笺为无色。"红色的笺纸，都被泪水浸透了，冲淡了，变得没了颜色。这些词章映着秋色，情深几许！

古人云"人生自是有情痴，此恨不关风与月"。他们心中的那些痴情，那些无法投递的书信，一点一点地留下来，积累成了万古诗情。他们要抓住一些意象，落在红笺之上。

哪几个意象属于清秋呢？先来说荷叶。

宋代的秦少游曾经问荷叶："绿荷多少夕阳中。知为阿谁凝恨、背西风。"这么多的荷叶是为谁凝恨，为什么你要背对西风呢？在他之前，唐代的杜牧也曾经说："多少绿荷相倚恨，一时回首背西风。"写得活灵活现！大家想一想，我们都见过这个画

面：哗啦啦，一阵西风起，大片的荷叶被翻转过来，仿佛一下子背过身。仅仅在刚才，它们还带着安详的眷恋，厮磨偎依在一起，西风乍起，它们的心中，含着多少隐恨，却不得不无奈地躲避那不可逃避的秋寒，还有那接下来的残败！

秋天让荷叶无奈到什么地步？来鹄写秋天荷叶的残破，更是刻画入微："一夜绿荷霜剪破，赚他秋雨不成珠。"原来在盛夏的时候，有很多人折下荷叶当伞，因为它很大、很圆。露珠一掉在它的茸毛上，就变成圆圆的一颗颗小珍珠，在荷叶上跌宕，跳跃。但是秋风萧瑟，步步紧逼，短短一夜，荷叶就变得枯萎残破了。在最深最冷的秋风里，人们忽然发现早晨的荷叶已经被寒霜剪破了。"赚他秋雨不成珠"，这个时候再落下雨，它还托得住吗？原来周邦彦写的那种"水面清圆，一一风荷举"，现在看不见了……残破的荷叶，不再成珠的秋雨，在来鹄笔下，串联起来，变成新奇的意象。

即使秋荷残破，李商隐仍然对它们深情不减，"秋阴不散霜飞晚，留得枯荷听雨声。"这样的荷叶显然已经托不住那些珍珠了，但留下来听着雨打荷叶也是好的。李商隐是一个多情的人，在"客散酒醒深夜后"，他曾经"更持红烛赏残花"；在秋阴沉沉、霜飞已晚的时节，他仍然有心眷恋，

就是诗人自己。

之所以会有这种写作类型，是因为古代有"女子无才便是德"的传统，而那些才华横溢的男人又天然地有着对红颜知己的需求。那么，既然现实中的女人无法成为他们的知音，他们便一人分饰两角，时而以诗词倾诉对女子的渴慕，时而又代替女子写一些思念男人的诗词。久而久之，这便成了中国文学史上的一大传统。

【读音知识】

晏几道，"几"读作 jī，"几道"的意思是"近于道"，出自《老子》："上善若水。水善利万物而不争，居众人之所恶，故几于道。"

《思远人》的韵脚：这首词押的是入声韵，而入声在现代汉语里已经不存在了，所以整首词我们读下来好像有些地方押不上韵。例如"泪弹不尽当窗滴"，这个"滴"字其实也是韵脚，今天的读者一不小心就会把它当成一韵当中的一个断句。

听一段残荷秋雨的缤纷。

　　春去秋往，人生几度关情事？我还记得我在很小的时候看到李商隐的《暮秋独游曲江》，似懂非懂间，眼泪就下来了。他说："荷叶生时春恨生，荷叶枯时秋恨成。深知身在情长在，怅望江头江水声。"李商隐是爱荷叶的，当荷叶刚刚生长的时候，他的春恨已经跟着荷叶生发了。当荷叶枯萎凋零的时候，他的秋恨已经在心中酝酿深沉了。此身常在，深情常在，这样的苦恨他挣脱不去，只有岁岁年年怅望江头江水声。人生有限时光，无限深情，如何担待得起呢？

　　李商隐过得很苦，但李商隐过得很值。我们今天想起来他那么多的《无题》，我们今天默默吟诵起他的《锦瑟》，多少心事都在春秋涤荡中传给了千秋万代。

　　就是这样一片荷叶，从绿荷葱郁，到残荷败叶，它前世今生的轮回，能够寄托多少秋意？找到诗词中的这种意象，你就会觉得千古秋风还会拂开今天匆忙的日子，千古诗意从来没有离开过你。

◆　延伸阅读　◆

北宋·欧阳修《玉楼春》
尊前拟把归期说，欲语春容先惨咽。人生自是有情痴，此恨不关风与月。　　离歌且莫翻新阕，一曲能教肠寸结。直须看尽洛城花，始共春风容易别。

北宋·秦观《虞美人》
行行信马横塘畔。烟水秋平岸。绿荷多少夕阳中。知为阿谁凝恨、背西风。　　红妆艇子来何处。荡桨偷相顾。鸳鸯惊起不无愁。柳外一双飞去、却回头。

唐·杜牧《齐安郡中偶题二首》（其一）

两竿落日溪桥上，半缕轻烟柳影中。

多少绿荷相倚恨，一时回首背西风。

唐·来鹄《偶题二首》（其一）

近来灵鹊语何疏，独凭栏干恨有殊。

一夜绿荷霜剪破，赚他秋雨不成珠。

北宋·周邦彦《苏幕遮》

燎沉香，消溽暑。鸟雀呼晴，侵晓窥檐语。叶上初阳干宿雨，水面清圆，一一风荷举。　　故乡遥，何日去？家住吴门，久作长安旅。五月渔郎相忆否？小楫轻舟，梦入芙蓉浦。

唐·李商隐《宿骆氏亭寄怀崔雍崔衮》

竹坞无尘水槛清，相思迢递隔重城。

秋阴不散霜飞晚，留得枯荷听雨声。

唐·李商隐《花下醉》

寻芳不觉醉流霞，倚树沉眠日已斜。

客散酒醒深夜后，更持红烛赏残花。

唐·李商隐《无题》

相见时难别亦难，东风无力百花残。

春蚕到死丝方尽，蜡炬成灰泪始干。

晓镜但愁云鬓改，夜吟应觉月光寒。

蓬山此去无多路，青鸟殷勤为探看。

唐·李商隐《锦瑟》

锦瑟无端五十弦，一弦一柱思华年。

庄生晓梦迷蝴蝶，望帝春心托杜鹃。

沧海月明珠有泪，蓝田日暖玉生烟。

此情可待成追忆，只是当时已惘然。

◆ 诗人简介 ◆

晏殊（991—1055），北宋词人。字同叔，抚州临川（今江西抚州）人。景德中赐同进士出身。其词擅长小令，多表现诗酒生活和悠闲情致，语言婉丽，颇受南唐冯延巳的影响。

来鹄（？—约883），唐诗人。又作来鹏，曾自称"乡校小臣"，隐居山泽。其诗多描写旅居愁苦的生活。

周邦彦（1056—1121），北宋词人。字美成，号清真居士，钱塘（今浙江杭州）人。作品多写闺情、羁旅，也有咏物之作。格律谨严，语言典丽精雅，长调尤善铺叙。

[清]王士禛《江上二首》（其一）

吴头楚尾[1]路如何？
烟雨秋深暗白波。
晚趁寒潮渡江去，
满林黄叶雁声多。

[1] 吴头楚尾：指春秋时期吴国和楚国的交界处，在今天的江西省北部。

◆ 知识点 ◆

这是一首七言绝句，写渡江时所感受到的秋景。初学写诗的人一般会觉得绝句很容易上手，律诗则很有难度，学到中级程度之后，感受完全会颠倒过来。这是因为当一个人掌握了基本的诗歌语言之后，会发现律诗有明确的章法可循，八句诗的篇幅也足够让人辗转腾挪，两组对仗句也很容易写得漂亮，但绝句只有四句，要想在这么短的篇幅里写出一波三折的效果来，实在很不容易，也找不到固定的章法可以依赖。其实绝句也有章法，王士禛的绝句就是很有章法的一类。

王士禛是清代初年的文坛宗主，写诗提倡"神韵说"。这首《江上》既能看得出王士禛的独到章法，也能让我们知道何谓神韵。诗写渡江，前两句开门见山，直接描写渡江时一眼望去的场景；第三句有个转折，把话锋转到自己身上，实写自己当下的动作；才有了第三句的实笔，第四句马上由实转虚，一笔宕开，以景结情，描绘一个意象，给读者留下丰富的回味空间，这就是所谓的神韵。

万叶秋声里，千家落照时
（秋之意象之二）

还有一种意象是秋声。

张炎说："只有一枝梧叶，不知多少秋声！"雨打梧桐点点愁，这是一种秋声。清人王士禛说："晚趁寒潮渡江去，满林黄叶雁声多。"黄叶雁声，也是一种秋声。清人宋琬说："山色浅深随夕照，江流日夜变秋声。"江流日夜，江水打出来的声音会变吗？如果你用心分辨，四季都有它的表情。四季的声音表情达意各不相同。

温庭筠说得最好："玉炉香，红蜡泪，偏照画堂秋思。"眼前有炉香袅袅升起，有蜡泪滴滴垂下，一处秋思托付在近处的两个景物上。"眉翠薄，鬓云残，夜长衾枕寒。"眉上点翠妆薄，鬓云已乱，不妨睡觉去吧，但是，秋意浸润，漫漫长夜，枕头和锦被都是凄寒彻骨的，长夜无眠。"梧桐树，三更雨，不道离情正苦。一叶叶，一声声，空阶滴到明。"一叶叶，一声声，只有愁深似海的人才能一点一点地听见，也只有愁深似海的人才能一声声地数到天明。所以，元代小令里说："一声梧叶一声秋，一点芭蕉一点愁，三更归梦三更后。"这一点梧桐，打出来的秋意就多了一分；那一声芭蕉，激荡的心中愁思又多了一点。三更不寐之后，就是因为这样的秋声让人意乱心烦……

如今的都市，秋声少了，失眠的人却多了。失去理由的神经衰弱，让我们的烦恼失去了诗意。

秋天里还有什么意象呢？再去看一看秋风落照。

秋日里，很少有人写到朝霞，但是千古风流，太多诗人咏叹斜照。杜甫写《秋野》："远岸秋沙白，连山晚照红。"秋山晚照，壮阔辽远而又明艳惊心。钱起说："万叶秋声里，千家落照时。"家家的门里都有故事，人人宁静的表情背后，都隐匿着不为人知的心情。秋风晚照，把千家故事，万般心情都带出来了。"萧萧远树疏林外，一半秋山带夕阳。"心事无语，托付给秋山夕阳。"梅妻鹤子"的林逋写过"秋景有时飞独鸟，夕阳无事起寒烟"，这样的寂寥秋景，一只孤单的鸟在浩荡长天中飞过，何等萧瑟，何等寂寞？夕阳残照，光影氤氲，如寒烟袅袅升起……夕阳下的这一刻缭乱，不是勾起人无限心事吗？

多少怀古伤情，抚今追昔，故国之悲、黍离之痛，都和秋意的夕阳残照、空山寂寂融合在一起。印证人生，喟叹历史，所有这一切的感受，都借着这些萧瑟的意象，一一地流露出来。

天妒英才，诗人王勃只活了二十七岁。他曾经写过一首五绝《山中》，寥寥二十字，写尽了"悲秋"。这首诗起笔就很凝重，"长江悲已滞"，五个字力道千钧。长江水万古东流，但在王勃眼前，长江水流已经几近凝滞了。为什么呢？一个字道出了全部理由："悲"。因为他的悲伤，原本浩荡壮阔的长江水似乎托不动了，步履缓慢。为什么会"悲"？因为"万里念将归"。这句的"万里"，有着双重意味。一重指万里游子，一重指万里长江。一般的诗词起笔柔和，渐渐地一层一层晕染，到了结尾的时候才见浓墨重彩。这首诗起笔的两句，少年意气，恣肆磅礴，一首五绝二十个字，前面十个字如此壮观，后一半怎么样才接得住？接下来的两句却极为轻盈："况属高风晚，山山黄叶飞。"诗人再放眼望出去，高山晚秋，扑扑簌簌，黄叶纷飞，漫山遍野。这是多么鲜明的对比！长江水本身是流动的，因为思情而阻滞；树木本身是静默的，因为思情而黄叶纷飞。这个秋深时节，只有在王勃的笔下，才能呼应成这样奇特的情景。

◆ 延伸阅读 ◆

南宋·张炎《清平乐》
候蛩凄断，人语西风岸。月落沙平江似练，望尽芦花无雁。　　暗教愁损兰成，可怜夜夜关情。只有一枝梧叶，不知多少秋声！

清·宋琬《九日同姜如农王西樵程穆倩诸君登慧光阁》
塞鸿犹未到芜城，载酒登楼雨乍晴。
山色浅深随夕照，江流日夜变秋声。
上方钟磬疏林满，十里笙歌画舫明。
空负黄花羞短鬓，寒衣三浣客心惊。

唐·温庭筠《更漏子》
玉炉香，红蜡泪，偏照画堂秋思。眉翠薄，鬓云残，夜长衾枕寒。　　梧桐树，三更雨，不道离情正苦。一叶叶，一声声，空阶滴到明。

元·徐再思《双调·水仙子·夜雨》
一声梧叶一声秋，一点芭蕉一点愁，三更归梦三更后。落灯花，棋未收，叹新丰孤馆人留。枕上十年事，江南二老忧，都到心头。

唐·杜甫《秋野五首》（其四）
远岸秋沙白，连山晚照红。
潜鳞输骇浪，归翼会高风。

82

砧响家家发，樵声个个同。
飞霜任青女，赐被隔南宫。

唐·钱起《题苏公林亭》
平津东阁在，别是竹林期。
万叶秋声里，千家落照时。
门随深巷静，窗过远钟迟。
客位苔生处，依然又赋诗。

北宋·寇準《书河上亭壁》
岸阔樯稀波渺茫，独凭危槛思何长。
萧萧远树疏林外，一半秋山带夕阳。

北宋·林逋《孤山寺瑞上人房写望》
底处凭栏思眇然，孤山塔后阁西偏。
阴沉画轴林间寺，零落棋枰葑上田。
秋景有时飞独鸟，夕阳无事起寒烟。
迟留更爱吾庐近，只待春来看雪天。

唐·王勃《山中》
长江悲已滞，万里念将归。
况属高风晚，山山黄叶飞。

◆ 诗人简介 ◆

张炎（1248—1314后），南宋词人，词论家。字叔夏，号玉田、乐笑翁。临安（今浙江杭州）人。其词用字工巧，追求典雅，早年多反映优游生活，宋亡后则多追怀往昔、抒写哀怨之作。

王士禛（1634—1711），清文学家。字子真，一字贻上，号阮亭、渔洋山人。早年所作清丽澄淡，中年转为苍劲，诸体兼擅，而尤工七绝。又以余力为词与古文，亦获时名。

宋琬（1614—1674），明末清初诗人。字玉叔，号荔裳、无今。一生以诗著称，多抚时感物之作，情调凄清跌宕。与施闰章齐名，有"南施北宋"之称。

温庭筠（？—866），唐诗人、词人。原名岐，字飞卿。其诗词藻华丽，多写个人遭际，于时政亦有所反映。词多写闺情，风格浓艳。现存词六十余首，在唐词人中数量最多，大都收入《花间集》。其诗与李商隐齐名，称"温李"。词则与韦庄并称"温韦"。

钱起（约720—约782），唐诗人。字仲文，吴兴（今浙江湖州）人。诗以五言为主，多送别酬赠之作，应试时所作《湘灵鼓瑟》诗，颇为世所称。

林逋（967—1029），北宋诗人。字君复。性恬淡，隐居西湖孤山，种梅养鹤，终身不仕，也不婚娶，故有"梅妻鹤子"之称，卒谥和靖先生。其诗风格淡远，内容多反映隐逸生活和闲适心情。"疏影横斜水清浅，暗香浮动月黄昏"（《山园小梅》）诗句颇有名。

王勃（649或650—675或676），唐代文学家。字子安，绛州龙门（今山西河津）人。少时即显露才华。与杨炯、卢照邻、骆宾王以文辞齐名，并称"王杨卢骆"，亦称"初唐四杰"。其诗长于五律，偏于描写个人经历，多思乡怀人、酬赠往还之作，风格较为清新流丽。

[唐]刘长卿《长沙过贾谊宅》

三年谪宦此栖迟，
万古惟留楚客悲。[1]
秋草独寻人去后，
寒林空见日斜时。
汉文有道恩犹薄，
湘水无情吊岂知？[2]
寂寂江山摇落[3]处，
怜君何事到天涯！

[1] 谪宦：贬官。栖迟：停留。楚客：指贾谊，贾谊离开京城到长沙任职，长沙属于古代楚地。

[2] 汉文：汉文帝，西汉开创"文景之治"的皇帝，是历史上著名的明君。湘水无情吊岂知：贾谊在经过湘水的时候，想到屈原投水自杀的汨罗江正与湘水相通，而自身的遭遇又与屈原相近，于是感慨万千，作赋凭吊屈原。此时刘长卿又在这里作诗凭吊贾谊，仿佛历史重演。

[3] 摇落：草木凋谢。

这首诗在修辞上很有些独到之处。"秋草独寻人去后，寒林空见日斜时"，这一联看似只是直接的写景抒情，其实暗中用了贾谊在长沙所写的《鵩鸟赋》的句子，即"庚子日斜兮，鵩集予舍"与"野鸟入室兮，主人将去"，也就是说，这一联既是写实，又是用典，用典用得不着痕迹，读者就算不了解典故，也不影响对诗

秋色天涯：寂寂江山摇落处

我们再来看看刘长卿的秋天。

秋景秋思，总是寄寓在某些载体上。比如看到江山胜迹，想到千载以前也有类似的生命，诗心怦然，油然产生惺惺相惜之感。

三年谪宦此栖迟，
万古惟留楚客悲。
秋草独寻人去后，
寒林空见日斜时。
汉文有道恩犹薄，
湘水无情吊岂知？
寂寂江山摇落处，
怜君何事到天涯！

刘长卿的一生也不顺利，不断地经历贬谪。第一次，唐肃宗至德三年（公元758年），从苏州贬到现在的广东茂名。第二次，唐代宗大历八年（公元773年）至大历十二年（公元777年）间，从淮西被贬到睦州做司马。这首诗写在他第一次被贬之后，从贬谪地返回长安，路过长沙。那是秋冬之交的时候，

刘长卿寻访贾谊△的故宅，想到了贾谊为终生不得大用，抑郁而终。类似的经历让他伤今悼古，感慨万千，写下了这首《长沙过贾谊宅》。

贾谊才高八斗，也有济世之心，但壮志和才华一直不得施展，在长沙做了三年长沙王的太傅，是他一生最伤情的时候。"三年谪宦此栖迟，万古惟留楚客悲。"贾谊住在长沙仅有三年，住的时间不长，但是到了今天，大家还在说着那段往事，说着贾谊的悲伤。"秋草独寻人去后，寒林空见日斜时。"在长沙寻访贾谊的踪迹，人已远去千古，只剩下秋草茂密，寒林暮日。当年，贾谊也是怀才不遇，但他遇上的还是明君贤主——西汉历史上以"文景之治"著名的汉文帝，"汉文有道恩犹薄"，他生逢明君，生逢盛世，又能如何呢？不是君无道，而是"恩犹薄"，明君不把他的赏识给贾谊。李商隐曾经悲叹"可怜夜半虚前席，不问苍生问鬼神"。汉文帝曾经欣赏过贾谊，把贾谊召进宫，促膝畅谈，但问的不是国家大事、天下民生，而是鬼神之事，虚无缥缈，让贾谊的满腹治国之策无法言说，不得施展。刘长卿也一样悲叹，"汉文有道恩犹薄，湘水无情吊岂知？"当年贾谊在这里凭吊屈

句的理解，如果读者了解这个典故，对诗句的理解就会更深一层。这是诗歌用典最高水平的体现。再者，贾谊凭吊屈原，刘长卿凭吊贾谊，历史与现实在诗句里亦真亦幻，完全融合在了一起，这样的写法堪称鬼斧神工。

【读音知识】

刘长卿，"长"读作zhǎng。"长卿"的意思是"众卿之长（zhǎng）"，也就是统管全体官员的最高级的那位官员，即丞相。

怜君何事到天涯，这里的"涯"字古音读作yí，和全诗韵脚的其他几个字都是一个韵部的。

△ 贾谊（前200—前168），西汉政论家、文学家。

原，屈原就能知道吗？今天刘长卿在这里凭吊贾谊，贾谊就能知道吗？湘水凄寒，远隔千载，能把他这份心意真正地传给贾谊吗？古人不见今人悲，今人多情吊古人，只因为相同的身世不断重复上演，相似的悲慨回响在一个又一个秋天。"寂寂江山摇落处，怜君何事到天涯！"寂寂江山，清秋摇落，如果贾生地下有知，一定要问我：你为什么要到长沙这个荒凉的地方来呢？最后这句话，托贾生之口，对自己发问，一个"怜"字，道尽忧伤。

有的时候，江山千古，甚至不需要想起哪个人的名字。刘禹锡有一首《西塞山怀古》，写的也是秋色秋景。当时，刘禹锡从夔州刺史调任和州刺史，乘船沿江东下，面对浩荡长江，透过历史的烽烟，想起兴衰往事。

> 王濬楼船下益州，金陵王气黯然收。
> 千寻铁锁沉江底，一片降幡出石头。
> 人世几回伤往事，山形依旧枕寒流。
> 今逢四海为家日，故垒萧萧芦荻秋。

当年，晋武帝令他手下大将王濬，带着高高的战船，从四川益州直下东吴。东吴的将领把一个个大铁锤沉到江底，用铁链连接，企图锁断长江，不料王濬一把大火烧断了所有铁链，直下东吴，轻取金陵。楼船远远扑来，东南兴盛之地、曾经的金陵古都，王气黯然沉默；千寻铁锁沉到了江底，一片降幡在石头城上飘荡。这样惊心动魄的故事，长江看得太多了。几度秋风，又到了今天。"人世几回伤往事，山形依旧枕寒流。"人生多少悲伤，多少朝代更迭，只有西塞山依旧伴着长江水。人心之中多少兴慨，千回百转，山形不动声色，寒流浩渺。"今逢四海为家日，故垒萧萧芦荻秋。"人在旅途，千古纵目，往日沙场的堡垒如今已荒废在秋风芦荻之中。从这荒凉的景象中，他看见的是江山千古，这不是个人身世的感伤，而是历史的感伤，境界大了不少。

清秋时节，我们读到一些诗人的作品，了解一些意象，生命中就多了一些朋友。无论是春花满眼，还是秋叶遍地，我们都可以在某一个时分和它们相遇。千古之间，总会有一些错不过的相遇，经历着相同的故事，相同的心情。我们会觉得，冥冥中有一个人懂得自己，虽然他远隔千年。刘长卿觉得，贾谊会跟他说"寂寂江山摇落处，怜君何事到天涯"。而今我们离刘长卿也已经千年，我们又懂得他的心吗？

以秋风的名义，我们走进这些人的身世。我们去触摸他们心灵上那些深深浅浅的纹路，以及纹路背后隐匿的欢喜忧伤。如今这个资讯发达的时代，我们有了心事，会找朋友，会写博客，希望更多人明白自己，其实还有一种可能——懂得我们的人，就藏在诗词中，你一旦翻开，一旦全身心浸入其中，体味到诗的美，体味到诗人之心，那种与古人交流的"懂得"，永不误读，点滴在心。我们的生命，也许因此而不再孤单。

◆ 延伸阅读 ◆

唐·李商隐《贾生》
宣室求贤访逐臣，贾生才调更无伦。
可怜夜半虚前席，不问苍生问鬼神。

◆ 诗人简介 ◆

刘长卿（？—约789），唐诗人。字文房，河间（今属河北）人。天宝进士。诗多写仕途失意之感，也有反映离乱之作，善于描绘自然景物。风格简淡。长于五言，称为"五言长城"。

屈原（约前340—约前278），战国楚诗人。名平，字原；又自云名正则，字灵均。所作《离骚》自述身世、志趣，指斥统治集团昏庸腐朽，感叹抱负不申。

刘禹锡（772—842），唐文学家、哲学家。字梦得。和柳宗元交谊很深，人称"刘柳"。晚年与白居易唱和甚多，并称"刘白"。其诗雅健清新，善用比兴寄托手法。

随意春芳歇，王孙自可留

清秋不光含着惆怅悲叹，清秋也会有安顿心灵的理由。

王维这样的"诗佛"，少年得意，一生起伏跌宕，最后当到了尚书右丞这样的高官。他经历了安史之乱，经历了太多的风雨沧桑，他的心事不需要提起，只需要安顿。

在清秋时节，他写给朋友裴迪一首诗，《辋川闲居赠裴秀才迪》。"寒山转苍翠，秋水日潺湲。倚杖柴门外，临风听暮蝉。"山是寒山，在别人眼中是青翠开始凋零，而他看见的是苍翠转深；水是秋水，在别人眼中是凝滞，他看见的是潺湲和从容。人已老去，所以要倚杖在自己的柴门外——"临风听暮蝉"，天已暮，秋已晚，一片山水暮景、寒蝉凄切，王维的心情怎么样？"渡头余落日，墟里上孤烟。"他说他不孤单，看见渡口的落日，看见墟里有孤烟袅袅升起。他的心中有古人相伴，是谁呢？"复值接舆醉，狂歌五柳前。"楚狂接舆是孔子时代的隐士，"五柳先生"就是大名鼎鼎的陶渊明："先生不知何许人也，亦不详其姓字，宅边有五柳树，因以为号焉。"王维心仪陶渊明风范已久，所以对裴迪说，你就是那楚狂接舆，你的家是五柳村，在这个秋风萧瑟的晚上，我来和你饮酒同醉，和你放声纵歌。有好友共醉，有好友同歌，还有翠山秋水，落日孤烟，这样的心境还不足以安顿吗？

再看王维更小的短章——《山中》。年少的王勃，在山中看见的是"长江悲已滞"，心中念的是"万里念将归"；而已经老去的王维就不同于这番少年游子的壮怀激烈，同题的《山中》，他眼中的景象很小，颜色鲜亮。"荆溪白石出，天寒红叶稀。"这就是他的"诗中有画，画中有诗"，以一个画家的眼光去观察：秋天的水一点一点低下去，水下去了，白色的石头就露了出来；天气冷了，树叶一点点凋零，红叶变得稀落。人走在红叶白石边，觉得"山路元无雨，空翠湿人衣"。本

[唐]王维《山中》

荆溪白石出，天寒红叶稀。

山路元[1]无雨，空翠湿人衣。

[1] 元：即"原"。今天我们说"原来""原配"，在明朝之前一般都写成"元来""元配"。明朝是灭掉元朝而建立的新朝，对元朝之"元"有忌讳，所以每每把"元"改写成"原"。

◆ 知识点 ◆

这首诗很有修辞之妙。"山路元无雨，空翠湿人衣"，一个"无"字，一个"空"字，显得好像是山中无形的翠色打湿了人的衣衫，很没道理，稍稍细想之下，忽然感受到山中特有的不易察觉的氤氲水汽，读者便会产生忽然会心之感。

来没有落雨，衣服怎么湿了？秋天的点点寒露，青青雾气，一点一点将人的衣服浸得湿漉漉的。如同我们的生活经验中，在南方晾衣服比北方干得慢，为什么呢？南方空气潮湿，含着水分。我们今天只会去抱怨潮湿，谁会有兴趣知道山路无雨，那空空的翠色含烟，也可以打湿人衣呢？为什么要说身心安顿呢？安顿的时候，人才会觉得生命是有趣的，在仓皇中，什么样的趣味都和生命无缘。

王维有一份安顿，他常在山中，山不再是空旷，不再是寂寞，而是一种欣赏，一种闲适。看看他写的《鸟鸣涧》，"人闲桂花落"，心是怎么闲？闲到枝头桂花那一丁点扑簌的声音，他居然也能察觉，这心还不闲吗？现在，不要说细小的桂花，就是大块的石头坠地，我们的心往往也没有感应。生活把我们的心磨粗糙了，怎么才能在生活的忙碌间隙里，养起那份闲心闲情，去听见桂花落地的声音？"夜静春山空"，夜可以有多静？夜安静得让人觉得整个山都空了。真空了吗？鸟儿很敏感，明月出来的时候，居然把它们惊醒了。"月出惊山鸟，时鸣春涧中。"一声、两声，泠泠的鸟鸣声响起来，才知道什么叫"山空"，什么叫"夜静"。

民间做菜有个说法，"要想甜，加点盐"，其实说的就是一丁点反差，就像为了

歌曲的流畅，加上半拍休止符。没有鸟鸣的一声两声作对比，空和静还不那么明显，不那么让人陶醉。而这种"空"和"静"，也只有王维才能发现，才能欣赏。因为王维的身心安顿。人心如果不悠闲，不纤细，不从容，他怎么可能看见、听见、体会、欣赏，沉醉在这一切中？

都说王维的诗有深深禅意，其实，这份禅意就是他晚年的心。我们从小就熟悉王维的《山居秋暝》，以前读，最欣赏的是诗中描摹的美景，如今在安顿的意义上重新读，角度又有不同。还是那座空山，还是那个秋天，还有他的明月，还有他的清泉。空山新雨，晚来秋色，明月松峰，清泉白石。这一切千古不改，人在其中，却不孤单。他不光有画家的眼睛，还有音乐家的耳朵，他能听见别人听不到的动静。"竹喧归浣女，莲动下渔舟。"还没有看见人，他就听见竹林里女孩子打闹的嘻嘻哈哈声，就知道那些浣纱的姑娘要回来了。远远地望去，莲叶为什么哗啦啦地动起来了呢？莲叶动，渔舟就要回来了。这样的风情，这样的动与静，在眼前，在身边。"随意春芳歇，王孙自可留。"春天走远就走远吧！怎么那么多人伤春？非得念念不忘停留在春天里，才有蓬勃的生机和希望吗？四季流光涤荡，春天走远，人还可以留在清秋，留在内心的安

93

◆ 诗歌详注 ◆

[唐]王维《山居秋暝[1]》

空山新雨后，天气晚来秋。
明月松间照，清泉石上流。
竹喧归浣女，莲动下渔舟。
随意春芳歇，王孙自可留。[2]

[1] 暝（míng）：日落，天色昏暗。

[2] 随意：这里的"随意"是"尽管"的意思，这是唐宋时代的口语，今天的"随意"一词已经没有这个义项了。

王孙：在唐代，"王孙"一词泛指贵族子弟或读书人，这里是王维自称。这个词是从周代沿用下来的，周代社会是分封体制，周天子是天下共主，称为"王"，周天子的儿子称为王子，孙子称为王孙；凡是获得分封的领主都可以称"君"，君的儿子称为君子；大的领主分为五个等级，即五等诸侯，诸侯在自己的封国之内都被称为"公"，公的儿子就是公子，公的孙子就是公孙。分封制度瓦解之后，这些称谓一直被沿用下来，但已经失去了原本的意思。

◆ 知识点 ◆

常有人说王维的田园诗继承了陶渊明的传统，其实这两者完全是形似而神不似，貌合而神离。陶渊明写田园野趣，有汗水的味道在里边，有天真自然的人生态度和不为五斗米折腰的气节；王维写田园野趣，写的是大别墅、大庄园里的野趣，归根结底是在写一种富贵闲人的生活雅趣。甚至可以说，陶

渊明的田园诗是写贫寒的极致，王维的田园诗是写富贵的极致。

写富贵最忌讳露出暴发户的嘴脸，北宋的太平宰相晏殊就对此做过理论性的总结。晏殊某次读到某人写的《富贵曲》，看到"轴装曲谱金书字，树记花名玉篆牌"这样的句子，不禁感叹说："这是乞丐的语气，写这首诗的人一定不曾富贵过。"而晏殊自己吟咏富贵的时候，不讲金玉锦绣，而只是表达富贵的气象。晏殊曾经以自己的词句"梨花院落溶溶月，柳絮池塘淡淡风"来举例说："穷人家难道有这般景致吗？"

王维的田园诗也是这种富贵气象，所以他继承的不是陶渊明的传统，而是谢灵运的传统，是使自己在充分享受富贵的前提下，以超然豁达的口吻吟咏一种似乎看淡名利、与世无争的闲情逸趣。

宁中。

这是秋天真正的安顿。再往前走，就是一个严冬了，大地如此萧瑟，生命如此易逝，年华不可阻滞地又老了一岁。无论秋与冬，最关键的是人心能不能安顿，人在流光中能不能把持住自己的心，不让心跟着流光漂泊。人可以伤春，可以悲秋，在所有的春恨秋愁走过之后，我们的心能够获得安顿，能够被春花秋月涤荡得宁静宽广，这才是诗词在心灵中留下的真正况味。

◆ 延伸阅读 ◆

唐·王维《辋川闲居赠裴秀才迪》
寒山转苍翠，秋水日潺湲。
倚杖柴门外，临风听暮蝉。
渡头余落日，墟里上孤烟。
复值接舆醉，狂歌五柳前。

唐·王维《鸟鸣涧》
人闲桂花落，夜静春山空。
月出惊山鸟，时鸣春涧中。

◆ 诗人简介 ◆

裴迪（？—？），唐诗人。关中（今陕西渭河流域一带）人。与王维友善，曾同居终南山，相互唱和。现存诗多为与王维同游辋川所作之五绝，常写幽寂景色，与王维诗风相近。

陶渊明（365或372或376—427），东晋诗人。一名潜，字元亮，私谥靖节，浔阳柴桑（今江西九江市西南）人。长于诗文词赋。诗多描绘田园风光及其在农村生活的情景，其中往往隐寓着他对污浊官场的厌恶和不愿同流合污的精神，以及对太平社会的向往。其艺术成就兼有平淡与爽朗之胜；语言质朴自然，而又颇为精练，具有独特风格。

秋风之约：便引诗情到碧霄

　　我们的生命可以穿越秋光去成长。我们再来跟着一个人走过秋天，这个人就是刘禹锡——疏狂不羁的刘郎。他笔下的《秋风引》说："何处秋风至？萧萧送雁群。朝来入庭树，孤客最先闻。"一首五绝，写出了那个风雨飘摇时节的悲秋。孤客之心，不等秋风摇落，自己敏感的心已自悲情，所以他说，这样的秋风秋叶响起了动静，他比谁都先听见。

　　这颗敏感的心，可以用一份轻盈在清秋中欣赏美景，他的《望洞庭》写得流利清恬，天真宁静。"湖光秋月两相和，潭面无风镜未磨。"浩荡的洞庭，为什么在他眼中如此风平浪静呢？心静了，才看得见"潭面无风镜未磨"。如此宁静的地方，"遥望洞庭山水翠，白银盘里一青螺。"远远看过去，湖面如白银盘，小小的山包，就像小小的青螺。其实，人心和世相永远是一种相对的关系，人心小了就会觉得世界纷扰庞大，压在心上不堪重负；人心大了，赏世上的山水，不过就是一个精致的小小景观而已。

　　刘禹锡也有脆弱的心，也易伤易感，从秋风中的一己之悲，渐渐走到千古兴亡之叹，走到可以玩赏安顿清秋景致，乃至到盛赞清秋，最后自己年华老去，仍与秋风有约，扶病而上高台。我们可以看一看，秋风也是一种历练，可以让一个人变得多么疏朗。

　　刘禹锡不仅是唐代中晚期才名很盛的大诗人，有"诗豪"之称，还是王叔文政治改革集团的中坚力量之一。从永贞元年（公元805年）到宝历二年（公元826年），二十多年中，他政治上一直不得意，因为他为人太耿介，太豪放，总是直言，不懂得遮掩，因此一次一次被贬谪，流放到远方。王叔文政治改革失败，柳宗元、刘禹锡等人被赶出长安，流散到荒凉偏僻的州府，身世飘零，这就是著名的"八司马事件"。今天，我们看看这些大名鼎鼎的诗人，经历了政治坎坷，再相逢时，如何感叹身世，

[唐]刘禹锡《元和十年自朗州至京，戏赠看花诸君子》

紫陌红尘拂面来，
无人不道看花回。[1]
玄都观里桃千树，
尽是刘郎[2]去后栽。

[1] 紫陌：京城的道路。"陌"在这里泛指道路，并不特指田间小路，很多注本将这里的"紫陌"解释为"京城郊野的小路"，这是不正确的，因为大家去观赏桃花的玄都观就在长安朱雀大街旁的崇业坊，并不是在长安郊外。

无人不道看花回：唐代有踏青赏花的风俗，赏花是时尚盛事，尤其在长安和洛阳，人们对赏花是有狂热的。当时的赏花盛况有点像今天的世博会之类的活动盛况。

[2] 刘郎：刘禹锡自称。"郎"是古代对男子的一般性称谓，并不特指俊秀的青少年。刘禹锡当初被贬出京城的时候是三十四岁，被召回京城的时候（也就是写下这首诗的时候）已经四十四岁。

◆ 知识点 ◆

今天我们读这首诗，会很欣赏刘禹锡勇于斗争、不畏挫折的气概，但在刘禹锡生活的时代里，这样的精神风貌略有一点超前。儒家传统讲究哀而不伤，怨而不怒，你悲伤的时候可以哭，但不可以号啕大哭；你委屈的时候可以难过，但不可

如何倾诉情感。刘禹锡见到白居易时说："巴山楚水凄凉地，二十三年弃置身。"经历了巴山蜀水的凄凉，二十三年来空度岁月，身心被弃置一边，居远身闲，怎么心甘啊？

从他被贬为朗州司马算起，到他与白居易再次相遇，已经有二十多年的岁月。在这二十多年里，刘禹锡也曾经被从贬所召回长安，有望再度被朝廷重用。那是元和十年（公元815年），初回长安的刘禹锡到玄都观里看桃花。"紫陌红尘拂面来，无人不道看花回"，喧喧嚷嚷的通衢大道上，车水马龙，大家都说桃花好，大家都看桃花回来了。刘禹锡说什么呢？"玄都观里桃千树，尽是刘郎去后栽。"玄都观里桃花再繁盛，也都是我走后才栽起的啊！那些投机取巧的新权贵，不也都是我们这些人被排挤之后才出人头地的吗？

被这首诗深深刺痛的权贵们将刘禹锡再次贬出了京城。多年之后，当再次获准回来，再去玄都观，再看桃花时，傲骨铮铮的诗人还是不无讥讽地说："百亩庭中半是苔，桃花净尽菜花开。"现在大家到玄都观里，你以为还看得见桃花吗？能看到的不过是荒地上的青苔和菜花而已。你以为那些人也能够担纲朝政吗？不过是像菜花一样滥竽充数而已。"种桃道士归何处？前度刘郎今又来。"别说桃花已经没了，就是种桃道士现在又在哪里呢？当年打击革新运动的当权

者也所剩无几了，而我前度刘郎，今又重来。读这样的诗，读这样一个人的心，我们就可以理解，为什么秋风秋雨凋零不了他的生命。他在秋光蹉跎中完成成长，年华老去，而刘郎气概仍然名垂千古。

以咬牙切齿。以这个标准来看，刘禹锡这首诗在情绪的流露上略略超过了中庸的尺度，很容易被人误解。刘禹锡写诗自是天真率性，旷达不羁，而这在那些以中庸之道为生活、创作与从政原则的人看来，就有一些不可接受了。今天我们在读这首诗的时候，不要因为同情刘禹锡而认为那些迫害他的人就有多坏，古人的道德观念和我们是有一些不同的。

◆ 延伸阅读 ◆

唐·刘禹锡《秋词二首》
自古逢秋悲寂寥，我言秋日胜春朝。
晴空一鹤排云上，便引诗情到碧霄。

山明水净夜来霜，数树深红出浅黄。
试上高楼清入骨，岂如春色嗾人狂。

唐·刘禹锡《望洞庭》
湖光秋月两相和，潭面无风镜未磨。
遥望洞庭山水翠，白银盘里一青螺。

唐·刘禹锡《酬乐天扬州初逢席上见赠》
巴山楚水凄凉地，二十三年弃置身。
怀旧空吟闻笛赋，到乡翻似烂柯人。
沉舟侧畔千帆过，病树前头万木春。
今日听君歌一曲，暂凭杯酒长精神。

唐·刘禹锡《再游玄都观》
百亩庭中半是苔，桃花净尽菜花开。
种桃道士归何处？前度刘郎今又来。

天凉好个秋

　　春与秋，节序如流。走过春天，走过秋季，心情跌宕，怎么能不跟着季节更改？我们来看看李白、杜甫，盛唐天空上璀璨的双子星座。杜甫写过很多给李白的赠诗。我们来对比春天和秋天，他给李白写的两首诗，看看况味是多么不同。

　　杜甫的《春日忆李白》中说："白也诗无敌，飘然思不群。"他说李白诗歌天下无敌，风度翩翩，卓尔不群。"清新庾开府，俊逸鲍参军。"诗风的清新宛如庾信，诗句的俊朗宛如鲍照。庾信、鲍照是南北朝著名的两位诗人，他们的风韵都流传在李白的笔端。更可爱的是，杜甫又用了一个比喻，"渭北春天树，江东日暮云。"他说，我真是说不清李白的好处，我真是描摹不出李白的风度，在我眼中，这个人就如同渭北春天的花树，如同江东日暮辽阔的云彩。多漂亮的句子啊！只有心里爱极了一个人，才舍得分一段如此春色给他增光。他在这样一个早春想起李白，他远远地对空商量，"何时一樽酒，重与细论文。"你何时再回来，咱们两个人再在一起，喝着酒，聊着诗篇。这是春天的怀念，春天里，丰神潇洒的李太白翩翩来到我们的眼前。

　　在一个浓浓的深秋，杜甫又写下《天末怀李白》。"凉风起天末，君子意如何？"秋风萧瑟了，我在遥远的甘肃天水，想起被流放到远方——偏僻的夜郎的你，你怎么样了？"鸿雁几时到，江湖秋水多。"不再说渭北春天树，眼前看到的是孤鸿断雁、江湖秋水，没有李白的音信。"文章憎命达，魑魅喜人过。"文章这个东西，从来都不垂青于那些命好的人，历经坎坷的人才能写出好文章，而夜郎路上尽是魑魅横行的穷山恶水，不知道你能否一路平安呢。"应共冤魂语，投诗赠汨罗。"诗人想象屈原永存，而屈原和李白遭遇相似，所以斗酒诗百篇的李白，一定会作诗相赠以寄情。

　　在怀念同一位朋友时，一个春，一个秋，遣词造句、意象选择，竟有天壤之别。那种"渭北春天树"，曾带着怎样的蓬勃和欢欣，眼前的秋风断雁、江湖风波，又带着何等无奈、寥落……春风、秋雨，涤荡生命，身世飘零，只在一句之中。黄庭坚寄给朋友的诗说："我居北海君南海，寄雁传书谢不能。"我想给你写封信写不了，那我就告诉你一句话吧，我们分别后的故事可以用这句话概括："桃李春风一杯酒，江湖夜雨十年灯。"往昔同学少年，我跟你在一起，那是"桃李春风一杯酒"的时光；如今，分别十年，却是江湖夜雨、十年孤灯。这两句，十四个字，概括了黄庭坚人生十年的漂泊，十年的流光。

今生苦短，我们要怎么样概括时光改变的生命呢？蒋捷在《虞美人·听雨》中，用一个意象——雨，概括出了自己人生的三个片段。"少年听雨歌楼上，红烛昏罗帐。"少年孟浪，在歌楼上点着红烛，一片欢洽，歌舞风流，能听到雨声中的什么真意？无非是心不在焉，有雨无雨都不影响眼前的欢情。"壮年听雨客舟中，江阔云低断雁叫西风。"六个意象密密地排在一起，一叶小船中，远观是江阔，抬头见云低，耳听断雁在西风中声声哀鸣，再夹杂着秋雨淅沥，这是中年颠沛的心情。人至中年，漂泊客途，只有在大江的辽阔背景中，才能感觉到云彩低低地垂落下来；只有经历过风雨波折，才能

◆ 诗歌详注 ◆

[南宋]蒋捷《虞美人·听雨》

少年听雨歌楼上，红烛昏罗帐。壮年听雨客舟中，江阔云低断雁叫西风。 而今听雨僧庐下，鬓已星星[1]也。悲欢离合总无情，一任[2]阶前点滴到天明。

[1] 鬓已星星：形容鬓发花白。
[2] 一任：任凭。

◆ 知识点 ◆

雨声从来都是一样的雨声，但少年时、壮年时和暮年时的心绪全然不同，在这种不变与变的对照之下，沧桑的感觉特别能够攫住人心。如果我们用知人论世的方法来读这首词，感受还会更深。蒋捷出身于宜兴大族，原本应当一辈子过着锦衣玉食的生活，一辈子都在"红烛昏罗帐"里听雨，但是世道巨变，蒙元灭掉了南宋，蒋捷不肯屈身事元，从此隐遁江湖，与"红烛昏罗帐"的生活彻底绝缘。这一年年走下来，眼看着宋朝再也无望复兴，心情自然会变得绝望。一个人年轻时会因为一点点的风花雪月牵动愁绪，会觉得任何微不足道的聚散离合都是轰轰烈烈的正剧，而一旦到了晚年，在真正历尽沧桑之后，尤其像词人这样经历了国破家亡的惨剧，心自然麻木了很多，也豁达了很多，当年多少令自己深深动情的悲欢离合终于都看淡了，人生从此走向彻悟的境界。

体味到雨声中的悲凉，雨中有情，雨中含恨。"而今听雨僧庐下，鬓已星星也。悲欢离合总无情，一任阶前点滴到天明。"而今到了暮年，鬓已星星，在僧庐下听雨。人间的悲欢离合，都已经历，一任阶前雨，点点滴滴到了天明。少年时候听雨，不关于心，听不进去，耳中眼中都是莺歌燕舞；壮年时候听雨，深明于情，才会看到江阔云低；老年时候听雨，连那样的深情都已经远去，一任它秋雨自在滴了。这不仅是在秋风中的成长，这也是在秋雨中的彻悟。

所以，人在秋风中，不仅可以悲秋，还可以穿越悲秋，走到豁达的境界。

无论今天是喜是悲，是失是得，明天必将来临，这样的春风，这样的秋月，从我们生命中走过，一直都在，无论我们在不在乎。人生苦短，有了豁达的心，就会更加从容，穿越春秋。春花秋叶，悲欢离合，都关乎生命成长与彻悟。漫漫人生，如果含情，如果有心，我们会看到很多意象；如果我们去寻找，去理解，去品味，就可以把意象酿成诗篇。我们的一生，写在历史上的功业，是一种记载；留在心中的诗意，是一种永恒。

◆ 延伸阅读 ◆

唐·杜甫《春日忆李白》
白也诗无敌，飘然思不群。
清新庾开府，俊逸鲍参军。
渭北春天树，江东日暮云。
何时一樽酒，重与细论文。

唐·杜甫《天末怀李白》
凉风起天末，君子意如何？
鸿雁几时到，江湖秋水多。
文章憎命达，魑魅喜人过。

应共冤魂语，投诗赠汨罗。

北宋·黄庭坚《寄黄几复》
我居北海君南海，寄雁传书谢不能。
桃李春风一杯酒，江湖夜雨十年灯。
持家但有四立壁，治国不蕲三折肱。
想见读书头已白，隔溪猿哭瘴溪藤。

◆ 诗人简介 ◆

李白（701—762），唐诗人。字太白，号青莲居士。自称祖籍陇西成纪（今甘肃静宁西南）。诗风雄奇豪放，想象丰富，语言流转自然，音律和谐多变。与杜甫齐名，世称"李杜"。

黄庭坚（1045—1105），北宋诗人、书法家。字鲁直，号山谷道人、涪翁。出于苏轼门下，为"苏门四学士"之一，又与苏轼齐名，世称"苏黄"。其诗多写个人日常生活，在艺术形式方面，讲究修辞造句，追求奇拗瘦硬的风格。在宋代影响颇大，开创了江西诗派。为"宋四家"之一。

蒋捷（约1245—1305后），南宋词人。字胜欲，世称竹山先生，常州宜兴（今属江苏）人。咸淳进士。宋亡后隐居不仕。其词颇多追昔伤今之作，词风豪爽。

○ 皎洁的明月 ▮

　　每个生命都有自己的一轮明月，每个轮回都有自己的阴晴圆缺。欧阳修说得好："人生自是有情痴，此恨不关风与月。"人生多情，风月只是转移了我们的情思，给了我们一种寄托。明月这个意象高悬在诗坛上空，中国人从古至今保持着对它温柔的狂热，因为它对我们每个人都很公平，入心入怀，成为我们生命中恒久相伴的诗意。

◆ 引子 ◆

江月何年初照人

说起中国诗歌中的意象，如果让我们只选取一个最典型的，我们一定会想起头顶上的那一轮明月。

李太白问："青天有月来几时？我今停杯一问之。"他在唐朝停下的这只酒杯，被苏东坡在宋朝遥遥接起，"明月几时有？把酒问青天。"一停一接之间，何止两次追问。

我们的古人，对头顶的那轮明月，有着无穷追问，寄托无限情怀。

> 江天一色无纤尘，皎皎空中孤月轮。
>
> 江畔何人初见月？江月何年初照人？
>
> 人生代代无穷已，江月年年望相似。
>
> 不知江月待何人，但见长江送流水。

张若虚在《春江花月夜》中追问，相比人生的短暂，江与月都是长久的、不变的，人与世界最初的相遇，发生在什么情景之下？究竟是谁，哪一位远古的先人，发现了江月的美？究竟是什么时候，在生命最初的美丽状态下，江月发现了人？流光在生命中悄悄逝去，我们的心在明月照耀下，不停地探寻——有迷茫，有欢喜，有忧伤，一切都被明月照亮，从人与月的最初相遇，一直到张若虚的发问，直到明月照耀我们的今天。

张若虚的问题有答案吗？其实，发问本身就是它的意义。

《春江花月夜》之所以让人如此赞叹，是因为它道出了我们少年时心中都有的疑惑。但是这一生到老，我们都没有答案，我们也不需要答案。在明月之下，我们总会有一种奇妙的感受：一方面，我们感到了生命的迷茫；另一方面，我们在迷茫中感到了心灵的陶醉。人生有着无数无解的困惑，但是在月光之下，现实与审美的边界、人生与梦幻的边界，还有其他区隔着我们和世界交流的边界，都变得模糊了。我们就在这流光之中，看世界，看历史，更洞悉内心。

◆ 延伸阅读 ◆

北宋·苏轼《水调歌头》

丙辰中秋，欢饮达旦，大醉，作此篇，兼怀子由。

明月几时有？把酒问青天。不知天上宫阙，今夕是何年。我欲乘风归去，又恐琼楼玉宇，高处不胜寒。起舞弄清影，何似在人间！　转朱阁，低绮户，照无眠。不应有恨，何事长向别时圆？人有悲欢离合，月有阴晴圆缺，此事古难全。但愿人长久，千里共婵娟。

唐·张若虚《春江花月夜》

春江潮水连海平，海上明月共潮生。
滟滟随波千万里，何处春江无月明！
江流宛转绕芳甸，月照花林皆似霰；
空里流霜不觉飞，汀上白沙看不见。
江天一色无纤尘，皎皎空中孤月轮。
江畔何人初见月？江月何年初照人？
人生代代无穷已，江月年年望相似。
不知江月待何人，但见长江送流水。
白云一片去悠悠，青枫浦上不胜愁。
谁家今夜扁舟子？何处相思明月楼？
可怜楼上月徘徊，应照离人妆镜台。
玉户帘中卷不去，捣衣砧上拂还来。

此时相望不相闻，愿逐月华流照君。
鸿雁长飞光不度，鱼龙潜跃水成文。
昨夜闲潭梦落花，可怜春半不还家。
江水流春去欲尽，江潭落月复西斜。
斜月沉沉藏海雾，碣石潇湘无限路。
不知乘月几人归，落月摇情满江树。

唐·李白《把酒问月》
青天有月来几时？我今停杯一问之。
人攀明月不可得，月行却与人相随。
皎如飞镜临丹阙，绿烟灭尽清辉发。
但见宵从海上来，宁知晓向云间没？
白兔捣药秋复春，嫦娥孤栖与谁邻？
今人不见古时月，今月曾经照古人。
古人今人若流水，共看明月皆如此。
唯愿当歌对酒时，月光长照金樽里。

◆ 诗人简介 ◆

　　欧阳修（1007—1072），北宋文学家、史学家。字永叔，号醉翁、六一居士。吉州吉水（今属江西）人。散文说理畅达，抒情委婉，为"唐宋八大家"之一。诗颇受李白、韩愈影响，重气势而能流畅自然。其词婉丽，承袭南唐余风。

　　张若虚（？—？），唐诗人。字号均不详。扬州（今属江苏）人。中宗神龙中，与贺知章、张旭、包融齐名，号"吴中四士"。诗仅存二首。

向明月学一颗平常心

中国人之所以对月亮情有独钟，也许是因为月亮那种特殊的质感、独到的美丽。它是柔和的，它是清澈的，它是圆润的，更重要的是，它是不断变化的。

我们想想看：在初一，古人称为"朔"的日子里，我们几乎看不见月亮；初二以后，细细的一点点月痕露出它的嫩芽，然后逐渐丰满圆润；直到十五，古人称为"望"的时候，它如同冰轮，如同瑶台的镜子，变得那么丰满，那么圆润。月亮周而复始地变化着。从"朔"，经过"望"，再抵达"朔"，完成一个循环，就是一个月。这就是中国的阴历。月亮的这个周期，是一种循环，隐喻着一种不死的精神。大家最常听到的关于月亮的神话，就是"嫦娥奔月"——因为吃了长生不死之药，嫦娥飞到天上，居住在月宫；在月亮上有一棵婆娑的桂树，吴刚一斧接一斧地砍着这棵树，树砍而复合，合而复砍。所以，月亮代表着一种流转循环的永恒与轮回。

在中国的哲学里，月亮的这种变化是一个主题，甚至可以说，认识明月是中国哲学的一个命题：大地之上的天空，黑夜的月亮和白昼的太阳形成平衡，它们的形象被远古的中国人提炼为"阴"与"阳"。中国人讲究阴阳平衡，《周易》说："一阴一阳之谓道。"世界上的一切匹配都在平衡之中。

太阳是什么样子？我们每天迎着东升旭日去上班去工作，看见的一轮太阳永远是稳定的，热烈的，圆满的。它永远给予你光和热，给予能量，促使人们发奋进取。中国人从太阳那里学到了一种进取心。但是在月亮之下，我们总是在休息，在独处，或者沉沉睡去，忽略了这一轮万古明月。就在一片宁静之中，我们发现月亮高悬在空中，它的阴晴圆缺，有着诸多面目，和太阳的永恒形状不一样。在它的周期性变化里，在它的阴晴圆缺中，我们品味着时光的承转流变，命运的悲欢离合，我们学到了平常心。

人向太阳学会了进取，在这个世界上可以奋发，可以超越；人向明月学会了沉静，可以以一种淡泊的心情看待世间的是非坎坷，达到自己生命的一种真正的逍遥。

月亮的这种阴晴圆缺，折射到世界万物和人生百态上，就是老子说的："物或损之而益，或益之而损。"有的东西残缺了，实际上它获得了另外一种"圆满"——月亮只有一弯月牙的时候，是一种"损"，一种缺失，但它已经蓄满了生命，正在迈向圆满，这就是"损之而益"。有的东西圆满了，完成了，实际上却逐渐走向残缺——圆月当空，流光泻地，是一种璀璨，一种"益"，但它的力量已经达到巅峰，无力再更圆一些、更亮一些，只能慢慢消瘦下去，这就是"益之而损"了。用一种辩证与变化的心情去看明月，再把这样的目光移到世间，我们就知道怎样完成内心困惑的消解和平衡了。

正是因为这样的满而损、损而满，盼望了很久之后，最圆满的日子——十五的月圆，就成了中国人心灵的寄托。尤其是中秋，一年中最美、最大的月亮高悬夜空，总是引得人们思绪飞扬，感慨万千——

> 万里清光不可思，添愁益恨绕天涯。
>
> 谁人陇外久征戍？何处庭前新别离？
>
> 失宠故姬归院夜，没蕃△ 老将上楼时。
>
> 照他几许人肠断，玉兔银蟾远不知。

这就是白居易眼中的《中秋月》。明月皎皎，清辉万里，到底它藏了什么样的秘密，徒增一段段忧伤离恨，人在天涯，月在天涯，到底它把清光洒在了谁的心上？

"谁人陇外久征戍？"——是那些远远戍边久久未归的人。"何处庭前新别离？"是谁在月光下道别？是谁又新添一段眷恋相思被明月照亮？"失宠故姬归院

△ 蕃（bō）：吐蕃。

夜"，如花的美人年老色衰，失宠之际回到深深院落，只有明月岑寂相伴。"没蕃老将上楼时"，那些流落在异邦他乡的戍边将士，此时在异乡独上高楼，他们望见的可是照着故乡的月光……

这都是一些人生失意之人。也许，人得意的时候更多是在太阳下花团锦簇、前呼后拥，而在失意的时候，才知道明月入心。"照他几许人肠断，玉兔银蟾远不知。"月宫的玉兔银蟾真知道人间的心事吗？其实，只是人生有恨，在中秋月夜都被明月勾出来了而已。

沉沉静夜，我们的心事更容易被月亮勾勒出来。平日里忙忙碌碌，忙的都是眼前的衣食住行，我们的心事被忽略了多久呢？那些让我们真正成为自己的梦想、心愿、遗憾、怅惘，它们还在吗？只有在夜深人静的时候，我们不圆满的人生，我们隐藏的心事，才会探出头来，被明月照耀得纤毫毕现。

苏东坡也有一首《中秋月》："暮云收尽溢清寒，银汉无声转玉盘。此生此夜不长好，明月明年何处看。"以一种忐忑的憧憬，从暮云沉沉的时候就在企盼，云彩渐渐消歇下去，清寒之光流溢出来，终于，皎皎的月轮，仿佛洁白玉盘，在静谧的天空缓缓转动。面对这样的美景，诗人的心居然有一丝隐隐的疼痛，隐隐的不甘，"此生此夜不长好，明月明年何处看"，这美丽的夜晚终将会过去，相比

◆ 诗歌详注 ◆

[北宋]苏轼《中秋月》

暮云收尽溢清寒，
银汉无声转玉盘[1]。
此生此夜不长好，
明月明年何处看。[2]

[1] 银汉：银河。早在先秦时代，人们单独用"汉"这个字来称呼银河，当时地上有"汉"，也就是今天的汉水，天上有"汉"，就是银河。后来语言更丰富了，人们就用河汉、天汉、银汉等词来称呼银河。

玉盘：形容中秋之夜的月亮就像一个玉石制成的圆盘。"玉"是从质地和光泽上作比喻，"盘"是从形状上作比喻。

[2] 此生此夜不长好，明月明年何处看：越是篇幅短小的诗词，越是忌讳用字重复，除非重复的字是为了构成特殊的修辞手法。诗歌第二句的"玉盘"和第四句的"明月"说的都是同一件事物，所以用词必须不同，为的是避免重复，而第三句的"此生此夜"和第四句的"明月明年"故意在用字上重复，为的是达到特殊的修辞效果。

诗的最后一个"看"字古音读作kān，这样读才会读出押韵的感觉。

◆ 知识点 ◆

古人写诗很重视"篇"与"句"的关系，一方面担心写不出特别出彩的警句，另一方面又生怕警句过于突出，破坏了全

诗的整体感。苏轼这首《中秋月》之所以被古人推崇为绝句里的上佳作品，正是因为四句诗构成了一个浑然的整体，一同打造出一个优美的诗境，而分别来看每一句诗，也都是不可多得的佳句。

宋代诗人杨万里说过，绝句是所有诗歌体裁里字数最少却最难写好的，能有一两个句子出彩已经很不容易，四句都好的就更是罕见了，只有晚唐的几位诗人和宋朝的王安石精于此道。举例来说，一首绝句里四句全好的有杜牧的"清江漾漾白鸥飞，绿净春深好染衣。南去北来人自老，夕阳长送钓船归"，有王安石的"水际柴扉一半开，小桥分路入青苔。背人照影无穷柳，隔屋吹香并是梅"，也有苏轼的"暮云收尽溢清寒，银汉无声转玉盘。此生此夜不长好，明月明年何处看"。

颠簸的人生，这种美丽是何等短暂，多么希望人生像今夜一样"长好"啊！而在明年，再见明月的时候，我已不知身在何方。为什么人人都说中秋月好？就是因为它太难得，太美丽，太短暂，而为了这一刻皎洁圆满，人心又要经过多少不同形态的残缺？

天若有情天亦老，
月如无恨月长圆

明月照出了一些欢喜，也照出了人生的种种困顿。明月的和谐、宁静、婉约、朦胧、淡泊，所有的这些特质不仅仅是审美，更重要的，它也是人的心灵映像。世间的纷扰万物，充满耳目，嘈杂喧嚣，但只有茫茫静夜中的皎皎明月，可以直指人心。人对明月的爱怜，一方面，是对自然之美的珍惜，另一方面，也是对自己的人生和灵魂的映照。所以，中国的历代诗人们，才会在明月上寄托了那么多的情思。

海上生明月，天涯共此时。
情人怨遥夜，竟夕起相思。
灭烛怜光满，披衣觉露滋。
不堪盈手赠，还寝梦佳期。

这是张九龄的《望月怀远》。漫漫长夜里，积郁在心中的满满相思，如月影般摇漾不定，把蜡烛吹熄，你才会觉得盈盈的月光照得满窗满室，你的身边包围的都是滋润的月华；在月光中，披起衣服，或者静坐，或者独行，凉意渐起，原来白露已经沾上衣襟。都说"明

◆ 诗歌详注 ◆

[唐]张九龄《望月怀远》

海上生明月，天涯共此时。
情人怨遥夜，竟夕起相思。[1]
灭烛怜光满，披衣觉露滋。[2]
不堪盈手赠，还寝[3]梦佳期。

[1] 情人：古人用"情人"这个词，含义和今天的不同，多指多愁善感的人，或者是指深情的友人。古人用"相思"这个词，也多指友人之间的思念，不一定就是恋人之间的相思。竟夕：通宵。

[2] 灭烛怜光满，披衣觉露滋：这两句的意思是"灭烛（因为）怜光满，披衣（因为）觉露滋"，诗句简洁，每每会有省略。怜：怜惜，爱怜。滋：浸润。"滋"原本有"汁液"的意思，用作动词就意味着汁液渗滴，也就是浸染、浸润的意思。

[3] 寝：居室，卧室。现代汉语里的"寝室"一词仍然保留着"寝"字的这个古代义项。

◆ 知识点 ◆

因为古今风俗与字义的变迁，古代很多以友情为主题的诗在今天经常被理解为爱情主题的诗，张九龄这首《望月怀远》就是一例。古代婚姻讲究父母之命、媒妁之言，古人认为夫妻之间可以有相濡以沫的深情厚谊，但不宜有如火如荼的爱情。古代的爱情大多发生在士大夫和歌伎之间，而即便是这种爱情，主流观念也认为

115

男人应当采取拿得起、放得下的态度，不应该在感情世界里沉迷不出。

另外，古人对诗的主流观念是所谓"诗言志"，认为诗是最正统的文学形式，写诗要表达一个人的气节、修养、政治寄托和人生态度，所以既不能以轻率的态度写诗，也不能写肤浅的主题。爱情在古人看来恰恰就是肤浅的主题，甚至可以说是伤风败俗的。张九龄是一个非常正统的人，做官做到宰相，如果他公然写诗歌颂爱情，是会被政敌拿来当作口实的。

月千里寄相思"，但相思怎么寄？明月怎么付邮？"不堪盈手赠"，我想伸手捧住明月，想把手中的月光送给心中牵挂的那人，但月光似水，不能在手心留存片刻，那我还能怎么办呢？不如回去，带着月光入梦吧。也许你在梦中，可以掬起一捧月光，交在那人的手心……

"海上生明月，天涯共此时。"在所有的明月中，中秋的明月是天心的图腾。所有的牵挂，所有的怀念，都在同一个时刻抒发、寄托。千古中秋月夜，不变的是中国人的心灵。

一年三百六十五天中，只有这一个时刻，只有在深夜这个时分，明月如此圆满，如此皎洁，美得触目惊心，让你不忍错过，而又可以安然欣赏。这一种美，如同彩云易散、琉璃易碎，唯其短暂，在它到来的那一刻，才格外鲜艳，格外滋润人的灵魂。

李贺曾经有诗："衰兰送客咸阳道，天若有情天亦老。""天若有情天亦老"，这么绝妙的诗句，谁能对上来呢？到了北宋，有个叫石曼卿的诗人，石破天惊地写出了一句"月如无恨月长圆"，不期然间竟成绝对。

"天若有情天亦老，月如无恨月长圆。"如果苍天有情，看尽人间爱恨离别，恩怨情仇，大概也会渐渐老去。而明月它真的怀恨吗？如同苏东坡的揣测，"不应有恨，何事长向别时圆？"为什么在人间离别的时刻，

天上的你却如此圆满？你难道也怀情抱恨吗？石曼卿说，是的，明月一定是有心事的，"月如无恨月长圆"，如果心中没有深情，没有自己隐隐的幽怨，它为什么不夜夜都是圆满的呢？

转瞬即逝的圆满让人怀念，盈亏之间的变化也让人咏叹。另一位南宋诗人吕本中，有一首著名的《采桑子》："恨君不似江楼月，南北东西。南北东西，只有相随无别离。"以一个女孩子的口吻，嗔怪她的情人：你怎么不像月亮一样？月亮对我多好，我走到南北东西，任何地方都能看见它，它对我只有相随，从来没有别离。但是词人紧接着又说，"恨君却似江楼月，暂满还亏。暂满还亏，待得团圆是几时？"语锋一转，这回却是怨恨，恨你又如同楼头的明月一样，一瞬圆满，转盈为亏，短暂的团聚之后你立刻就要离去。漫漫等待，悠悠相思，等待下一轮的圆满，还需要多久？什么时候才能只有团圆，没有分离呢？

一轮江楼明月，流转之间，包含了我们所有的心事。你觉得明月吝啬吗？它真的吝啬。因为每月最圆只有一天，一年十二个月中只有中秋最满。但是你再想想，月亮慷慨吗？月亮也真的慷慨。它夜夜相随，不管你能不能意识到它的存在，不管你是不是愿意向它瞩目，不管你愿意不愿意向它寄托情感。

◆ 延伸阅读 ◆

唐·李贺《金铜仙人辞汉歌》
茂陵刘郎秋风客，夜闻马嘶晓无迹。
画栏桂树悬秋香，三十六宫土花碧。
魏官牵车指千里，东关酸风射眸子。
空将汉月出宫门，忆君清泪如铅水。
衰兰送客咸阳道，天若有情天亦老。
携盘独出月荒凉，渭城已远波声小。

南宋·吕本中《采桑子》

恨君不似江楼月，南北东西。南北东西，只有相随无别离。　　恨君却似江楼月，暂满还亏。暂满还亏，待得团圆是几时？

◆　诗人简介　◆

张九龄（673或678—740），唐大臣，诗人。字子寿，一名博物。所作《感遇诗》，抒怀感事，以格调刚健著称。

李贺（790—816），唐诗人。其诗长于乐府，善于熔铸辞采，驰骋想象，运用神话传说，创造出新奇瑰丽的诗境，在诗史上独树一帜，严羽《沧浪诗话》称为"李长吉体"。但也有刻意雕琢之病。

石曼卿（石延年）（994—1041），北宋文学家。字曼卿，宋城（今河南商丘南）人。其诗甚为欧阳修等推重，文受柳开影响，宗法韩柳。积极参与北宋诗文革新运动。性诙谐，喜为集句诗。

吕本中（1084—1145），南宋诗人。字居仁，世称东莱先生。其诗自言传江西诗派衣钵，主"活法"与"悟入"，颇受黄庭坚、陈师道影响；其后有所变化，诗风较趋明畅，南渡后也有悲慨时事之作。

[唐]刘禹锡《石头城》[1]

山围故国周遭在，
潮打空城寂寞回。[2]
淮水东边旧时月，
夜深还过女墙来。[3]

[1] 石头城：三国时期，吴主孙权迁都秣陵（今南京），在石头山上凿石筑城，称为石头城。石头城是吴国的水军基地，也是扼守长江的要塞。刘禹锡并没有到过石头城，他是在看到别人写了吟咏南京历史遗迹的《金陵五题》之后，也写了一组《金陵五题》来唱和，《石头城》就是"五题"当中的一首。

[2] 故国：故都。"国"在古代经常指"国都"，比如"国中"意思是"国都之中"，而不是"国家之中"，这个义项在现代汉语里已经消失了。

潮打空城：长江原本流经石头城下，但是到了唐代初年，江水已经西移，石头城失去了军事意义，日渐荒废，所以刘禹锡笔下的石头城已经是一座空城。"潮打空城"只是诗人的想象之词，当时潮水已经打不到这座空城了。

回：读作huái。

[3] 淮水：这里的淮水不是指淮河，而是指秦淮河。

还：读作huán。古汉语里的"还"基本都读作huán，唐宋时候还没有hái的读音。

女墙：也叫女儿墙，是指城墙上齿状排列的墙垛。守城的士兵可以躲在这墙垛

生生之证：秦时明月汉时关

如果愿意跟明月一起流转在盈亏之间，那你也可以和明月一起见证古今，见证我们的魂魄。

因为有情，明月不仅见证了个体生命的缺憾、心事的宛转，它还真正照见了江山千古、沧海桑田。

我们小时候都会背王昌龄的《出塞》："秦时明月汉时关，万里长征人未还。"今天，念起"秦时明月汉时关"这七个字，那种万古长风扑面而来的呼啸之气，还能隐约感受得到。明月就在这样的轮回里，千年万载不离不弃，照见人世的坎坷、战争的起始与终结。

而今，我们在太阳底下工作的时候多，在月亮底下流连的时候少。当月亮挂在天空时，我们在做什么呢？有人可能在家发呆，有人可能在饭局应酬，也有人可能在虚拟空间中跟网友聊着自己的心情，更多的人可能在悠闲地看着电视。究竟还有多少人，愿意透过城市水泥丛林的间隙，追寻一轮明月，遥想它如何静默地见证古今？究竟是明月舍弃了我们，还是我们忘却了明月？这是一个无解的问题。因为我们不看它了，它才离我们越来越远，那些

千古心事也离我们越来越远了。每个夜晚，城市在喧嚣，人心在痴缠，只有月光，悄悄地探访这个无常的人间。月光去过的地方，于历史上或者繁华，或者冷清，在今天几乎都已经改变了容颜，只有月光不变，只有诗意还在流连。

刘禹锡写的月光，依依不舍，探访了多么寂寞的一座空城：

> 山围故国周遭在，
> 潮打空城寂寞回。
> 淮水东边旧时月，
> 夜深还过女墙来。

二十世纪九十年代初，我曾专门到南京寻访过石头城这个地方。当地的朋友带着我，七拐八绕，到了一片特别大的垃圾场前，说："过不去了，你就站在这里看吧，前面就是石头城。"那一刻，我蓦然心惊，这座金粉古都的石头传奇，居然如此荒败，如此残破！我只能在心里回味，体会着潮水拍击过石头城城壁时空空荡荡的回响，那份兀自多情的寂寥是不是也会怅然若失……时光悄悄远逝，城池依旧，供人凭吊，供人缅怀。明月多情，江水多情，它们摩挲逡巡着六朝繁华的胜地，悄悄地来，默默地走，夜深人静，没有人注意到月亮，但月亮留心着人世，见证着古今。

的背后，通过瞭望孔或墙垛之间的空隙窥探敌军，也能够以这墙垛为掩体进行防御。之所以称作女墙，是因为在古人看来，墙垛只是附属于城墙主体的部分，而且相当低矮，正如女人地位卑下，附属于男人一样。

◆ 知识点 ◆

以自然事物的永恒不变来反衬人间的沧桑巨变，这是古代诗歌的一大类型。这首《石头城》正是如此，月亮还是旧时的月亮，城池却早已不复当年的模样。这样的话实在被诗人们讲得太多，读得多了也就会发生审美疲劳了。这一类型的诗歌正是在刘禹锡这首《石头城》这里达到巅峰，后世诗人又写过无数同类的诗，但再没有超过这首诗的。当时白居易对这首诗非常赞赏，说这首诗足以使后人再也没法措辞了。刘禹锡自己也很自负，说白居易的赞赏虽然有点过头，但也不算非常过头。

有一则轶事可以作为白居易评语的补注：苏轼经常唱和别人的佳作，和作每每胜过原作，但苏轼模仿"山围故国周遭在，潮打空城寂寞回"而写的"山围故国城空在，潮打西陵意未平"就明显不如刘禹锡的原作了。

读着这样的诗词，有时候我会想：为什么诗意好像离我们的生活远了呢？不是明月变了，不是诗意变了，变化的只是我们的心，只是那份悲天悯人的情怀远了而已。在今天，现代化的生活方式，高速运转的生活节奏，让我们的心变粗糙了，没有了如丝如缕的牵绊，缺少了细腻的战栗与颤抖，我们不会惦记明月，不会品味诗意——多情的明月悄悄越过女墙，探望了一座静默的石头城。

刘禹锡写南京石头城的明月，"淮水东边旧时月"，这轮明月不仅是历史的明月，也是地理的明月。在"淮水东边"，不仅有着六朝繁华的南京城，还有着盛唐繁华的扬州府。唐朝的徐凝在《忆扬州》中说："天下三分明月夜，二分无赖是扬州。"这句诗，一下子让扬州如此奢侈地垄断了天下明月三分之二的美。明月与扬州，唐朝诗人心中最美的月色与最美的城池的相遇——才子杜牧如此咏叹："二十四桥明月夜，玉人何处教吹箫？"那是什么样的时节？秋风未冷，月色如烟，情思浪漫，箫声袅袅。明月在扬州停驻千年，见证了不同的沧桑变化，也引发中国一代代诗人们的诗情。一路明月扬州走到南宋，姜白石写下《扬州慢》，想起了当年的"杜郎俊赏"。"算而今、重到须惊"，多情杜牧到了今天的扬州，也是要惊叹的，他还能接受今天的凋敝吗？"纵豆蔻词工，青楼梦好，难赋深情"，都已经找不到了；"二十四桥仍在，波心荡、冷月无声"，水月犹在，但月已经是冷月，水已经是寒波。冷月、寒波的波纹底下隐匿了当年的繁盛。"念桥边红药，年年知为谁生"，嫣红的芍药花也还灿烂地开在老地方，这样的繁花明月，坚守着一份为谁的痴情？

晚唐的许浑有诗："今来故国遥相忆，月照千山半夜钟。"一个个不眠之夜，听着夜半沉沉钟声，望着天空满满月色，你会将一切家国之思注到心头。穿行在历史的流光中，抬头仰望夜空清辉，你就会知道，为什么这一轮明月高悬在中国诗坛的上空，千古不肯陨落。它有太多太多的记忆，它也有太多太多的憧憬。在明月那里，不管古往今来有多少激情澎湃，有多少豪情梦想，最终都会"一樽还酹江月"，所有的心情，所有的故事，都会在月色中，被记录，被化解，被消融。

◆ 延伸阅读 ◆

唐·王昌龄《出塞二首》（其一）
秦时明月汉时关，万里长征人未还。
但使龙城飞将在，不教胡马度阴山。

唐·徐凝《忆扬州》
萧娘脸薄难胜泪，桃叶眉长易觉愁。
天下三分明月夜，二分无赖是扬州。

唐·杜牧《寄扬州韩绰判官》
青山隐隐水迢迢，秋尽江南草未凋。
二十四桥明月夜，玉人何处教吹箫？

南宋·姜夔《扬州慢》
淮左名都，竹西佳处，解鞍少驻初程。过春风十里，尽荠麦青青。自胡马窥江去后，废池乔木，犹厌言兵。渐黄昏，清角吹寒，都在空城。　杜郎俊赏，算而今、重到须惊。纵豆蔻词工，青楼梦好，难赋深情。二十四桥仍在，波心荡、冷月无声。念桥边红药，年年知为谁生！

唐·许浑《寄题华严韦秀才院》
三面楼台百丈峰，西岩高枕树重重。
晴攀翠竹题诗滑，秋摘黄花酿酒浓。
山殿日斜喧鸟雀，石潭波动戏鱼龙。
今来故国遥相忆，月照千山半夜钟。

◆ 诗人简介 ◆

徐凝（？—？），唐代诗人。睦州（治今浙江建德东北）人。诗以七绝见长，风格简古。

姜白石（姜夔）（约1155—1209），南宋词人、音乐家。工诗，词尤有名，且精通音乐。词喜自创新调，重格律，音节谐美。多为写景咏物及记述客游之作，《扬州慢》等作品，感时伤事，情调较为低沉。

许浑（？—？），唐代诗人。字用晦，一作仲晦。其诗长于律体，多登高怀古之作。《咸阳城东楼》一诗中"山雨欲来风满楼"之句，较有名。

故国不堪回首月明中

在明月所有的见证中，有一位爱月的诗人，尤其需要单独来说。并不是李白，而是李煜。

李后主短短的一生，从南唐到北宋，从皇帝到囚徒，"做个才人真绝代，可怜薄命做君王。"从少年风流的才子，贵至九五之尊的皇帝，贱到亡国的阶下囚徒，李煜的一生，见过多少明月滋味？

最初，从父亲李璟手中接过江山，倜傥的后主也曾意兴飞扬：

> 晚妆初了明肌雪，春殿嫔娥鱼贯列。凤箫吹断水云闲，重按《霓裳》△歌遍彻。　临风谁更飘香屑，醉拍栏干情味切。归时休放烛花红，待踏马蹄清夜月。△△

那些刚刚上好晚妆的嫔妃，个个貌美如花，肌肤若雪，衣袂飘飘，鱼贯而列，吹笙鸣箫，《霓裳》恰舞。这首词的上阕，李后主采用了"旁观者"的视角，一方面，投入乐舞的陶醉之中，另一方面，却有着一种游离观看的冷静。在词的下阕，诗人之心渐渐萌动：在风中，谁的香粉味袅袅地洒落下来？夜宴繁华，歌声婉转，伴着薄薄的醉意，拍打着栏干，此刻情味之切，难以言表。而曲终人散，刚刚沉醉于繁华的人，该怎样从繁华中解脱？回去的路上，不要高烧红烛，不要燃着明灯，就让我的马蹄散漫地踏过去，走在一片皎洁的月色里吧。清冽的明月，更映出刚才的浓艳，耳目声色的欢娱之后，人需要一种孤独，一点冷静，需要那一片清淡的月

△ 《霓裳羽衣曲》的简称。唐代宫廷乐舞，著名法曲。传为开元中西凉节度使杨敬述所献，初名《婆罗门曲》，后经玄宗润色并制歌词，改用此名。

△△ 南唐·李煜《玉楼春》。

色，宛如一盏酒后的茶，让自己去玩味和回忆，去沉醉其中，去超越其外，融融月色，一切尽在不言之中。

好景不长。南唐风雨飘摇，北方的大宋步步紧逼，在南唐最后几年捉襟见肘的时光里，李后主的明月再也不像当年那样晴美，不仅月色开始变得清闲，月下砧声竟也扰乱了他的心神。在一首名叫《捣练子》的小词里，李煜写道："深院静，小庭空，断续寒砧断续风。无奈夜长人不寐，数声和月到帘栊。"一点一点的寒砧捣衣声，伴着月色，断断续续传到枕上。枕上焦虑无眠的人，不禁抱怨着夜晚过长，砧声太吵，抱怨月色侵入帘栊，而一片真实的心事又无可言说，一如他在《相见欢》里无言的一刻："无言独上西楼，月如钩。寂寞梧桐深院锁清秋。"

这个时候家国人生中的圆满一去不返，眼前夜空所见也只是如钩的新月。在"寂寞、梧桐、深院"后面，用了一个动词"锁"。一个寂寞冷清的院子，分割开李煜和不属于他的世界，被"锁"住的，唯有寒意清秋。"剪不断，理还乱，是离愁。别是一般滋味在心头。"无法释然的是往事，无法把握的是今天，此情此景，明月依旧，难言滋味只在心头……

春花秋月何时了，往事知多少？小楼昨夜又东风，故国不堪回首月明中。　　雕栏玉砌应犹在，只是朱颜改。问君能有几多愁，恰似一江春水向东流。

终于，从少年时的爱月，到中年寂寞时的月色相随，一直到恨月怨月，李煜以一首绝命词完成了自己对月亮的咏叹。这首词一开头，他就责难"春花秋月"，什么时候才是个完啊？想想当年春风，他遍拍栏干、情味切切的时候，多么希望清风常在、明月常圆，而在今天，身为异地囚徒，面对良辰美景，他已经没有欣赏的心情，只有无法承受的不耐烦，劈空发问——"春花秋月何时了"？一个人的心要被亡国之恨折磨到何等程度，才会问出这样无理的一句话？"往事知多少？"春花秋月，自顾自随着季节灿烂着、美丽着，怎么会知道我那些锦绣年华的往事？不堪往

◆ 诗歌详注 ◆

[南唐]李煜《虞美人》

春花秋月何时了[1]，往事知多少？小楼昨夜又东风，故国不堪回首月明中。 雕栏玉砌应犹在，只是朱颜改[2]。问君[3]能有几多愁，恰似一江春水向东流。

[1] 了：了结，终了。

[2] 朱颜：红颜，少女的代称，这里指南唐旧日的宫女。这句意为，只是宫女们都老了。

[3] 君：李煜自指。

◆ 知识点 ◆

中国历史上的亡国之君各有各的命运。蜀汉后主刘禅是个乐天派，亡国就亡国好了，只要自己照样能在莺歌燕舞里享受人生就好，所以给我们留下了"乐不思蜀"这个成语；明朝崇祯帝以身殉国，临死之前还要亲手斩杀自己的妻儿，怕他们被俘之后受人侮辱；北宋徽钦二帝一味在金人的铁蹄下卑躬屈膝，小心翼翼地苟且偷生。李煜缺乏崇祯帝的血性，所以选择了偷生；但他又比刘禅多了几分自尊，忍受不了亡国的屈辱；他还比徽钦二帝少了几分谨慎，不能藏住心中的悲苦，一定要倾诉出来才行。这首《虞美人》正是这样的倾诉。他不会不知道这样的词句一定会给自己招灾惹祸，但他就是控制不住，想要倾诉的情感一定要立刻倾诉出来才行。李煜这种性格不属于古代诗人，而属于现代诗人。

事的时候蓦然观明月，知道不堪回首月明之中，偏偏明月照彻故国江山！

异地的明月，照耀着故国的江山。同沐一片月色，当年的那些亭台楼阁，离开不久，颜色应该还鲜艳吧？它也随着江山容颜的更改一点一点地老去了吗？颓败了吗？那些故国的宫女也已经青春不再了吧？这番浩荡愁思，除非一江汹涌春水，再无可比拟！

据说，宋太宗因为看了这首词，才给李后主下了牵机药△，使李后主四十二岁的生命断送在异国他乡。不管这个传说是真是假，王国维先生赞叹李煜的词是"所谓以血书者也"，这一首词就是他的"血词"的代表。这不是用笔尖蘸墨写出来的闲情小品，这是用自己的血泪伴着明月春花传递出的愁思。

人间缭乱，许多心事，更何况，他告别的是一度繁华盛世的家国江山。

◆ 延伸阅读 ◆

清·郭麐《南唐杂咏》
我思昧昧最神伤，予季归来更断肠。
做个才人真绝代，可怜薄命做君王。

△ 牵机药：古来帝王要将近臣和妃子赐死时所用的毒药。

南唐·李煜《相见欢》

无言独上西楼，月如钩。寂寞梧桐深院锁清秋。　　剪不断，理还乱，是离愁。别是一般滋味在心头。

人攀明月不可得，月行却与人相随

白云一片去悠悠，青枫浦上不胜愁。

谁家今夜扁舟子？何处相思明月楼？

可怜楼上月徘徊，应照离人妆镜台。

玉户帘中卷不去，捣衣砧上拂还来。

此时相望不相闻，愿逐月华流照君。

鸿雁长飞光不度，鱼龙潜跃水成文。

　　还是回到《春江花月夜》。在这样一个满月之夜，太多漂泊江湖的游子身后，都有一处"相思明月楼"在默默地等待。这样的月圆时刻，月光不是喜人，反而是恼人的。"相思明月楼"上，那个在闺中无眠的人，要用怎样的心情去熬过这明月长夜呢？"可怜楼上月徘徊，应照离人妆镜台。"月光徘徊不去，久久停留，偏偏照射在梳妆台上，像是故意缭乱离人的哀愁。所谓"女为悦己者容"，爱人远行时，无情无绪的思妇镜台必然是冷落的，明月偏要雪亮亮地映照在上面，怎一个"恼"字了得！她想把明月遮住——先把窗帘放下来，哪知"玉户帘中卷不去"，不管用。那就用衣袖把它拂走，"捣衣砧上拂还来"，它还是不去啊！这句诗使我们想起李白的"长安一片月，万户捣衣声。秋风吹不尽，总是玉关情"。不论是李白还是张若虚的诗中，思念远人的女子们，月色清亮时，只有借助劳动忙碌，才能缓解思念。但思念实际上是驱逐不去的。月亮既然不愿意走，那就跟它商量一下，把自己的心事托付给它吧："此时相望不相闻，愿逐月华流照君。鸿雁长飞光不度，鱼龙潜跃水成文。"在今夜的月色下，我和我心爱的人，一定在互相思念，互相遥望对方，但我们看不见对方的影，听不见对方的声，那就把我的心托付给月光，流照在

◆ 诗歌详注 ◆

[北宋]苏轼《卜算子》

缺月挂疏桐[1]，漏断[2]人初静。谁见幽人[3]独往来，缥缈孤鸿[4]影。　　惊起却回头，有恨无人省。拣尽寒枝不肯栖，寂寞沙洲冷。

[1] 疏桐：枝叶稀疏的梧桐。

[2] 漏断：形容夜深。古代以更漏计时，更漏也叫漏壶，壶里竖立着一支画有刻度的木箭，壶的下方有一个很小的出水口，壶里注水之后，水会慢慢地从出水口漏出去，壶里的水位就会慢慢下降，人们只要去看水位正在木箭的哪个刻度上，就会知道当时的时间。所谓漏断，就是说壶里的水已经漏尽了，听不到漏水时的滴滴答答的声音了。

[3] 幽人：幽居之人，这里是苏轼自指。苏轼当时被贬到黄州，虽然名义上仍然有官职在身，但实际上并不能参与公务，连俸禄也停了，政治前途更是一片灰暗。苏轼到黄州的时候，是带着家眷一起去的，准备在那里安家落户，过一辈子普通百姓的生活。苏轼本人比家眷先到黄州，暂时寄住在黄州定慧寺里，这首词就是他在定慧寺寄住期间写的。既是孤身一人，又是临时寄宿，所以词里才以"幽人"自况。

[4] 孤鸿：单飞的大雁。大雁都是成群结队的，凡是单飞的大雁都是掉队的，所以诗人常用"孤鸿"来比喻孤独的、不被社会所容的人。人是幽人，鸿是孤鸿，更显得凄凉伤感。

他的身上，可以吗？可是，月光终究也让她失望了——距离如此遥远，不仅送信的鸿雁早就南归，连月光也无法传递相思；送信的鱼儿干脆躲了起来不见我，只有那水面的波纹，写满了我的心事。

诗歌中，这样的别情如此哀怨，又如此美丽。其实，我们的生命中有很多美丽的忧伤，可堪品味，可堪沉溺。人的一生，总要经历很多风雨，落得一身伤痛，与其躲避风雨和怨恨伤痛，不如让这伤痛酝酿成自己心中的一份美丽，起码它可以真实印证我们没有虚度光阴。明月是这种美丽忧伤的最好伴侣。当分离在物理时空上变成不可改变的事实时，明月在心理的时空上完成了一种交流和寄托。谁说明月不能对人生作出补偿？还是那句话，你信任它，它就接受你的托付。

依然是在《把酒问月》中，李太白说得好："人攀明月不可得，月行却与人相随。"对这个心有明月的诗人来说，明月从未远离。送王昌龄走的时候，李白殷殷托付："我寄愁心与明月，随风直到夜郎西。"心如明月，逐天涯，随海角，一生流照。

每个人都有自己愿意看见的那一片月色，对具体的每个人来说，月光的温度、月亮的形状、月色的表情，都不一样。

《古诗十九首》说："明月何皎皎，照我罗床帏。忧愁不能寐，揽衣起徘徊。"诗的主人公，是一个沉浸在思念中的女子，明月在她心里是细腻的。而对于李白这个爱月亮的人，你能想象月亮在他那里是何等辽阔吗？

明月出天山，苍茫云海间。
长风几万里，吹度玉门关。

这是李白《关山月》中的浩瀚明月。但明月并不永远是浩瀚的，有时候忽然变得清冷：

缺月挂疏桐，漏断人初静。谁见幽人独往来，缥缈孤鸿影。　　惊起却回头，有恨无人省。拣尽寒枝不肯栖，寂寞沙洲冷。

这是苏东坡的明月，在清冷的月光下，苏东坡独往独来。一生浮沉于新旧党争的东坡居士，被贬官为黄州团练副使，局促在一个小地方蹉跎岁月，心事辗转，也曾经在缺月之夜，夜不能寐，看见"缺月挂疏桐"，听见"漏断人初静"，感念自己孤单一人，就像失群的落雁，苦苦寻觅着安身立命之所。这样的夜晚，月华纵有残缺，清辉犹在；生命纵有遗憾，不改坚持。那一份拣尽寒枝的傲岸与冷月相映，沙洲寂寞，名士无悔。

当然，月光也有一份壮怀激烈！岳飞在《满江红》里回首一生，留下千古名句：

◆ 知识点 ◆

这首词的词眼在"拣尽寒枝不肯栖"这一句。一只失群的大雁要独自飞过千山万水，这已经很不容易，夜晚到来的时候理应赶快找个落脚的地方，让自己能好好休息一下，但这只孤雁很奇怪，这里不肯落脚，那里也不肯落脚，挑挑拣拣的，夜已经很深了，它偏偏还是没有找到落脚的地方。其实这只孤雁就是古代知识分子的一个象征。儒家认为，知识分子追求的应该是"道"而不是私利，这是一条不可违背的大原则。如果国家有道，在这个国家里越是正直的人越能升官发财，而你偏偏处于低贱的地位，过着贫困的生活，这是很可耻的；相反，如果一个国家无道，在这个国家里越是善于逢迎的小人和心狠手辣的恶棍越能升官发财，整个社会笑贫不笑娼，而你偏偏既有很高的社会地位又有很多的财产，这同样是很可耻的。在一个无道的社会里，君子只对一种情况可以妥协，那就是你已经穷到无力赡养父母了，那你还是要出来找个官做，但一定只能做小官，只能拿最低的俸禄。

古代和今天有一个很不一样的地方。今天我们上学读书，一般都是为了学一门技能，毕业以后便于求职，专业性和收入水平是直接相关的。专业技术很强的人在今天很受尊敬，社会地位和收入都很高。但是古人读书恰恰很忌讳专业性的，专业性人才无论水平多高，在社会阶层上都属于"小人"。"小人"学习技能无非是为了多赚钱，这是可耻的；看哪个专业有前

133

途就去学哪个专业，这更可耻。"君子"学习学的是"道"，不讲究什么学以致用，"道"是永远不可以改变的，无论你在顺境还是逆境，都应该一成不变地坚守它。

这样我们就能更好地理解苏轼的处境了。以苏轼的才华和声望，只要肯稍稍妥协一下，很轻易就可以摆脱当前的困境，甚至获得高官厚禄也不在话下，但他偏偏像那只孤鸿一样"拣尽寒枝不肯栖"——虽然生活给出了很多的选择，抛出了很多的诱惑，但我不会因为如今失群了，落魄了，就降低自己的行为标准。

"三十功名尘与土，八千里路云和月。"云和月见证了一个英雄的生平，照亮了一个英雄的心愿。在社稷江山天翻地覆的动荡中，将军征战沙场，陪伴他怒发冲冠、凭栏寄傲，陪伴他饥餐胡虏肉、渴饮匈奴血的，就是这"八千里路云和月"。明月照彻英雄生前的担当，明月也洗刷了豪杰身后的清誉。

◆ 延伸阅读 ◆

唐·李白《子夜吴歌·秋歌》
长安一片月，万户捣衣声。
秋风吹不尽，总是玉关情。
何日平胡虏，良人罢远征？

唐·李白《闻王昌龄左迁龙标遥有此寄》
杨花落尽子规啼，闻道龙标过五溪。
我寄愁心与明月，随风直到夜郎西。

东汉·无名氏《古诗十九首》（其十九）
明月何皎皎，照我罗床帏。
忧愁不能寐，揽衣起徘徊。
客行虽云乐，不如早旋归。
出户独彷徨，愁思当告谁？
引领还入房，泪下沾裳衣。

南宋·岳飞《满江红》

怒发冲冠，凭栏处、潇潇雨歇。抬望眼，仰天长啸，壮怀激烈。三十功名尘与土，八千里路云和月。莫等闲、白了少年头，空悲切。　　靖康耻，犹未雪。臣子恨，何时灭！驾长车，踏破贺兰山缺。壮志饥餐胡虏肉，笑谈渴饮匈奴血。待从头，收拾旧山河，朝天阙！

◆　诗人简介　◆

岳飞（1103—1142），南宋初抗金名将。相州汤阴（今属河南）人，字鹏举。诗词散文都慷慨激昂。

每个生命都有自己的一轮明月

拂去嫦娥的婀娜，桂影的婆娑，我们还是不禁发问，到底什么才是一轮明月的真面目？

"思苦自看明月苦，人愁不是月华愁。"是月亮真的含愁带恨吗？风花雪月，本不是有情人生的点缀，也不是茶余饭后的谈资，它们是穿越年光时不可缺少的情感元素，一个人真想与明月交谈，明月就会不离不弃。

李白那么爱明月，他在明月之中到底能够完成什么样的交流呢？我们看看从小就熟悉的《月下独酌》。

> 花间一壶酒，独酌无相亲。
> 举杯邀明月，对影成三人。
> 月既不解饮，影徒随我身。
> 暂伴月将影，行乐须及春。
> 我歌月徘徊，我舞影零乱。
> 醒时相交欢，醉后各分散。
> 永结无情游，相期邈云汉。

豪放飞扬的李白，不是没有他自己的忧思和孤单，他也有过"花间一壶酒，独酌无相亲"的时候，但是他了不起的地方在于：在孤独的那一瞬，他可以天真地举杯，向明月发出邀约。而为了回应他这份天真的邀约，明月愈发明亮，清辉流光，泼洒在地上，勾勒出他翩跹的影子，人、月、光影，交相辉映。李白不是独自一人了。当然，李白不是不明白：月亮原来真的不会喝酒啊，徒然造个影子陪伴着我。但是，那又何妨呢！姑且就这样吧！既然已经有

◆ 诗歌详注 ◆

[南宋]张孝祥《念奴娇·过洞庭》[1]

洞庭青草[2]，近中秋、更无一点风色。玉鉴琼田三万顷，着我扁舟一叶。[3]素月分辉，明河共影，表里俱澄澈。[4]悠然心会[5]，妙处难与君说。 应念岭表经年[6]，孤光自照，肝胆皆冰雪。短发萧疏襟袖冷，稳泛沧溟空阔。[7]尽吸西江[8]，细斟北斗，万象为宾客。扣舷[9]独啸，不知今夕何夕。

[1] 张孝祥在宋史上以气节著称。当时秦桧一党气焰熏天，张孝祥公然与之作对，所以屡屡被谗言陷害。在宋孝宗乾道元年（1165年），张孝祥被排挤到离中央政府很远的广西，但即便如此，秦桧一党还是不肯放过他，继续进谗，终于使张孝祥在一年之后被罢官。张孝祥在罢官北归途中经过洞庭湖时，写下了这首词，用以表明自己坦荡的胸怀。

[2] 洞庭青草：指洞庭湖、青草湖。这是相连的两处湖泊，后来被混称为洞庭湖。

[3] 鉴：镜子。"鉴"和"镜"都指镜子，但它们的本义并不相同。"鉴"原本是一种盛水的金属容器，体积可以做得很大，几个人可以一起在里边洗澡；还有一种"鉴"形状像一个大铜盘，古人用它对着月光来承露取水。"鉴"里边总是有水的，人可以从中照见自己的影像。后来人们制造出了专门用来供人照自己影

明月和身影的陪伴，我就真的不再孤单，就让我在这个春天里痛快地畅饮吧！你看，我歌，月亮跟着歌声的节拍跃动；我舞，影子努力跟上我舞姿的跌宕；我醉，影子也是一派陶然天真的凌乱。醒的时候，我、月亮和影子在欢喜地举杯。而现在醉了，我们就分手吧，去浪迹天涯，去云游四方——我们约定，永不离弃，终有一天，相会于浩渺云波之端。

天真的李白对明月的信任比别人要强很多，所以明月也特别钟情这位诗仙。

所有的交流、所有的信任都是相互的，人与人相约如此，人与明月相约也是如此。这轮明月从大唐的李白，一直流转到南宋的张孝祥。张孝祥在岭南做了一年的知府，受谗言挑拨，被贬官北还，途经洞庭湖，恰逢中秋。"洞庭青草，近中秋、更无一点风色。"张孝祥眼中的洞庭湖，水波不兴，平淡静谧。其实中秋的时候，洞庭湖面一定是那么清澈，更无一点风痕吗？孟浩然写洞庭湖："八月湖水平，涵虚混太清。气蒸云梦泽，波撼岳阳城。"写的也是八月。为什么是"波撼岳阳城"呢？绝非了无风痕。究竟是风在动，幡在动，还是心在动呢？如果一个人心静，眼前的湖水就可以"更无一点风色"。以这样的坦荡，在浩瀚洞庭湖面上，一叶扁舟不觉孤单，只觉一片与天地交融时令人沉醉的壮阔。"玉鉴琼田三万顷，着我扁舟一叶"，青碧的

湖水如同玉做的镜子，三万顷辽阔，就我这一叶扁舟，我是何等自由啊。这一片自由天地，这一片自由心胸，可以看见"素月分辉，明河共影，表里俱澄澈"，水天交融的洞庭湖是这般明净清澈——天上的银河素月、地上的洞庭湖水，诗人的心又何尝不是？在这一瞬，朗月银河，流光普照，映出坦荡人心，表里一派澄澈。这份融合默契的欢喜，"悠然心会，妙处难与君说。"一个人在贬官的路上恰逢中秋，没有捶胸顿足的号哭，没有怨天尤人的悲叹，只有与天地合而为一的喜悦，只有对明月入心的悠然领悟。此番曼妙，难以用语言传达。千载之后，他的诗词辉映月华，我们也能够悠然心会吗？

再回头看一看当年的张孝祥是多么不容易。"应念岭表经年"，在岭南这个偏僻的地方待了一年，虽然被谗言离间，但是我很清楚自己的内心："孤光自照，肝胆皆冰雪。"明月，照彻我的心灵，肺腑肝胆，冰清玉洁。这让我们想起另一句诗："一片冰心在玉壶"。一个人坦坦荡荡，行为朗朗，秉性高洁，当然就会清澈自在。所以张孝祥说："短发萧疏襟袖冷，稳泛沧溟空阔。"我一个人在这里，虽然秋凉浸肤，但我依旧稳稳地在湖上泛舟，在空阔的湖面与天地融而为一，了无尤怨。中秋是中国人的团圆节，每逢佳节倍思亲，贬官回朝的张孝祥，谁又是他的亲人，谁与他在节日

像的"鉴"，不再用水，而是用磨光的铜质表面来照。这种"鉴"后来被转读为"镜"，就是古代的铜镜。所以，诗人一般会把光洁的水面比作"鉴"，把光洁的月亮比作"镜"。

琼：美玉。

着（zhuó）：附着。

扁（piān）舟：小船。

[4] 素月分辉，明河共影：形容湖面倒映着月光与银河。

表里：即内外，这里指湖面与天空。

澄澈：澄净清澈。

[5] 心会：心领神会。

[6] 应：这里的"应"不是现代汉语里"应该"的意思，而是一个表示肯定的副词，大略相当于"因"。

岭表：字面意思是"岭外"，即秦岭以外，当时的政治坐标是以中原为中心的，所以秦岭以外也就是秦岭以南，即今天的广西、福建一带，张孝祥刚刚从那里罢官回来。

经年：这里指一年。

[7] 萧疏：稀疏。沧溟：浩大的水面。

[8] 西江：西来的长江。

[9] 扣舷：敲着船舷来打拍子。

◆ 知 识 点 ◆

张孝祥是宋代写豪放词的名家。在中国古代的文学传统里，诗的标准功用是抒怀言志，词的标准功用是休闲娱乐。所以在很多古人的观点里，豪放派的词纵使写得很好，毕竟属于另类，不是词的正根。词经常是在士大夫们的宴会上交给歌女去唱的，如果唱的是张孝祥这种词，会很破

139

坏娱乐气氛。所以豪放词的写作，本质上是把词当成诗来写了，这样的词其实可以说是另外一种格律的诗。

张孝祥的这首词和苏轼的那首《卜算子》（缺月挂疏桐）一样，都在写自己的寂寞和坚守。但苏轼是坦然承认自己的寂寞，他说：我虽然很寂寞，很受排挤，但我还是要坚持着我的坚持。张孝祥是以巧妙的修辞手法拒绝承认自己的寂寞，他说：我虽然很受排挤，虽然没有人和我做伴，但天地万物都是我的客人，我们相得甚欢，我一点都不寂寞。

越是有坚守的人越容易遭受打击，越容易感到寂寞，所以他们必须要有排解寂寞的方法。人的性格不同，智商不同，修养不同，排解寂寞的方法总是不尽相同。

共饮？他抬头看到北斗七星的形状宛如一把大勺子，低头看见了西江水，他说"尽吸西江，细斟北斗，万象为宾客"。那么我就用这把大勺子，舀尽西江水，遍宴山川，自然万物都是我座上的宾客。此一刻，"扣舷独啸，不知今夕何夕。"这样一个时刻，天清月朗，生命浩荡，在青天碧水之间，我叩击船舷，仰天长啸，与天地一体，和万物同欢，此乐何极，"不知今夕何夕"。

我之所以特别喜欢这首词，是因为它写出了在我们生命中，懂得明月与自我的关联，你可以拥有一种什么样的境界。

人生活在这个世间，与人有缘，与山水有缘，与日月同样有缘。一个真正懂明月、爱明月的人，明月会变成信念的支撑。即使工作中的上司、同事贬损你，即使外人不理解你，"孤光自照，肝胆皆冰雪"，明月永不背叛，可以照出你一颗心的辽阔与坦然。即使其他人都离你而去，孤单的你，也可以在花间邀约明月，且歌且舞，"我歌月徘徊，我舞影零乱"，明月是你的知音，也是你的舞伴。当你愿意把自己交付给明月，明月一定会接受。人与人的期许，有时候会辜负，但是明月常在，不弃不离。所以，学会与明月相逢，与明月相知，让月光照彻生命，这是一种成长。

每个生命都有自己的一轮明月，每个生命都有自己的阴晴圆缺。明月照出了我们的

140

离愁别恨，但欧阳修说得好："人生自是有情痴，此恨不关风与月。"人生多情，无关风月，风月只是转移了我们的情思、我们的离恨，给了我们一份安顿，给了我们一种寄托。明月这个意象高悬在诗坛上空，中国人从古至今保持着对它温柔的狂热，因为它对我们每个人都很公平，入心入怀，成为我们生命中恒久相伴的诗意。

◆ 延伸阅读 ◆

唐·戎昱《秋月》
江干入夜杵声秋，百尺疏桐挂斗牛。
思苦自看明月苦，人愁不是月华愁。

◆ 诗人简介 ◆

张孝祥（1132—1170），南宋词人。字安国，号于湖居士。其词风格豪迈，颇有感怀时事之作。在建康留守席上所作《六州歌头》，表现出要求收复中原的激情，对朝廷的苟且偷安予以强烈谴责，张浚曾为之感动罢席。

孟浩然（689—740），唐诗人。以字行，襄州襄阳（今湖北襄阳市襄阳区）人。诗与王维齐名，并称"王孟"。其诗清淡幽远，长于写景，多反映隐逸生活。

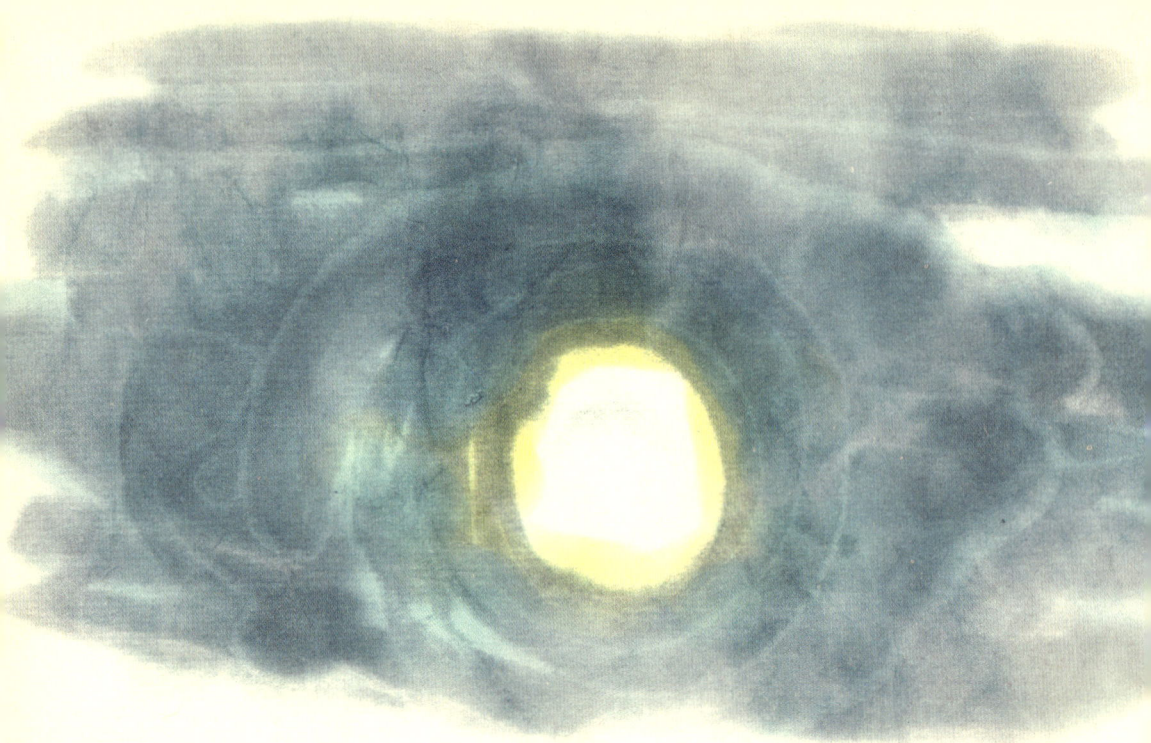

◯ 夕阳下的吟唱 ▎

夕阳不仅会勾起我们那些未解的惆怅，夕阳有时候也有一种门掩黄昏、渔樵晚归的静谧和温馨。

而如果说斜阳照亮的只是一己忧伤，那它不会留下古今这么多的吟唱，之所以如此，更重要的是因为斜阳照彻古今，见证江山更迭。比个人心事更开阔的是黄昏的那份庄严，是斜照里的兴衰。

◆ 引子 ◆

吟到夕阳山外山

　　一天之中最意味深长的时候，莫过于夕阳西下。这个时刻，光影迷蒙，熟透了的温暖中隐隐含着一丝感伤，夕照把影子映得细长细长，人心中的眷恋也如丝如缕，绵长悠远……龚自珍说："吟到夕阳山外山，古今谁免余情绕？"只需要念到、想到"夕阳山外山"这几个字，千古以来的诗人骚客们，就都被重重叠叠的情思缠绕住，无法逃避。这里的情，可以是男女的爱情，可以是亲朋的感情，还可以是人感时伤怀的一种情愫。"夕阳山外山"，到底牵绊着我们多少歌唱呢？

　　中国有着农耕文明的传统，农耕文明遵循的秩序就是"日出而作，日入而息"。跟着太阳出门去劳作，跟着太阳回家去休息。太阳回家的时候人也应该归来了。夕阳时分，很多人虽然带着一身的疲惫，带着未了的遗憾，但毕竟也带着对明天的希冀，准备回家，可以期待安宁的晚餐和安心的休憩。而对于在路上的客子来说，这是一个多么惆怅的思归时刻啊。

　　夕阳西下，一天流光走到了边界，马上就要坠入茫茫黑夜。这一瞬间，人心百转千回。为什么暮色常使人愁呢？就是因为，有归来就有未归，有未归就有思念，有思念就有哀愁。当归不归，一天的流光和心愿，都无法安顿。

　　其实，归来是人的永恒心愿。我们一次次地出发，就是为了一次次地归来。《诗经·王风》里，看着茫茫暮景，一个思妇想念她在远方的爱人，"君子于役，不知其期，曷至哉？"我的良人出去服役，走的时候也没告诉我归期，这个时候你在哪儿呢？什么时候你才能归来呢？接着，她细数眼前风景："鸡栖于埘△，日之夕矣，羊牛下来。君子于役，如之何勿思？"太阳西斜了，鸡上架了，羊啊牛啊全

△ 埘（shí）：鸡舍，凿墙而成的鸡窠。

144

都回家了，我的良人啊，你叫我怎么能不想你呢？这是中国人对日暮晚归的最早歌唱，平白如话。"归来"的心愿在中国诗歌中，曾经如此朴素啊！

就是这样的朴素情怀，唤醒了人心中掩埋的情感，开启了诗歌史中的"闺怨诗"题材。看到鸡上架、牛羊回家，就开始想到远方的人，想到自己的等待没有尽头，内心缠绕着百折千回的思念，怎堪面对夕阳？一天之中，最难面对的时光，最难排遣的情绪，就在黄昏时分。人心中所有的怀远、离别，在这个时刻，都裹在了一起，纷至沓来，涌上心头。它有美好，有眷恋，它有失落，有感伤。著名的"夕阳无限好，只是近黄昏"，千古绝唱，短短十个字，蕴含着辽阔的意象和丰富的回味。"夕阳无限好"讲的是空间，笼罩着天地景象的温馨、欢愉；"只是近黄昏"讲的是时间，黑暗渐渐逼近，留下的是悲伤，是苍凉。空间的迷茫和温馨，时间的苍凉和短促，组合成了荒烟落日、斜阳晚照，组成了中国人千古以来的日暮情思、不舍歌唱。

每每读到"近黄昏"三字，生命匆急之感扑面而来，仓促与疲惫，感伤与哀愁，面对时间流逝，人心中的那一点点不甘，都在这三个字中泛起，让人不由得渴望倾情投入这一刻，抓住黄昏时分这最后一点点流光。

◆ 延 伸 阅 读 ◆

清·龚自珍《己亥杂诗》
未济终焉心飘渺，百事都从缺陷好！
吟到夕阳山外山，古今谁免余情绕？

先秦·无名氏《击壤歌》
日出而作，日入而息，凿井而饮，耕田而食，帝力于我何有哉？

《诗经·王风》

君子于役，不知其期，曷至哉？

鸡栖于埘，日之夕矣，羊牛下来。

君子于役，如之何勿思？

君子于役，不日不月，曷其有佸？

鸡栖于桀，日之夕矣，羊牛下括。

君子于役，苟无饥渴！

唐·李商隐《乐游原》

向晚意不适，驱车登古原。

夕阳无限好，只是近黄昏。

◆ 诗人简介 ◆

龚自珍（1792—1841），清末思想家、文学家。一名巩祚，字璱人，号定盦。

为君持酒劝斜阳，且向花间留晚照

　　黄昏是摄影家特别钟爱的时分，因为光影温柔，层次和细节被渲染得格外清晰。很多诗歌里面，不约而同地用了一个词——"白日"。为什么把夕阳叫成白日西迟，因为朝霞是暖色的，所以才说年轻人是八九点钟的太阳，因为他蓬勃，欢欣，带着生命的热量。太阳就像一个青春红润的少年，走过青年的蓬勃，走过壮年的辉煌，到了落下的时候，它的那种血色已经淡淡地、渐渐地隐去了。

　　夕阳，往往象征着一个人的暮年，青春不再，梦想仍在。面对夕阳，有多少文人留下他们的企求：让时光走得再慢一点吧……

　　屈原在《离骚》△里面说："吾令羲和弭节兮，望崦嵫而勿迫；路曼曼其脩远兮，吾将上下而求索。"大家都熟悉最后一句——他的求索，他九死不悔的努力，他自己内心志向的一种抒发——但是不要忘记了前面一句，他要让"羲和弭节"。神话中，羲和驾着六条龙，拉着太阳在天空行走。屈原说：羲和啊，放下你的鞭子吧，你让太阳慢一点，让太阳停一停，不要让黑夜这么迅速地把我吞噬，因为我要走的道路太长，上下求索，我还需要光阴！

　　李白在他的《古风》中说得更明确："黄河走东溟，白日落西海。逝川与流光，飘忽不相待。"黄河一路向东奔涌，夕阳唰唰地向西坠落，这一切是如此匆促！这一东一西奔走的逝水和流光，日复一日，把生命撕扯成零落的碎片。

　　所谓"志士惜日短，愁人知夜长"，时光这个东西的体验真是存在相对论，对于每天想着有无穷无尽的事情要做的人来说，他就觉得一天时光太短了，倏忽而逝；但是对于在深夜心思辗转、夜不成寐的人来说，他会觉得这一夜是多么难熬。

△ 《离骚》：《楚辞》篇名。战国楚人屈原作。"离骚"，旧解释为遭忧，也有解释作离愁的；近人或解释为牢骚。全篇以自述身世、遭遇、心志为中心。

◆ 诗歌详注 ◆

[唐]李白《古风》

黄河走东溟[1]，白日落西海。
逝川与流光[2]，飘忽不相待。
春容[3]舍我去，秋发已衰改。
人生非寒松，年貌岂长在。
吾当乘云螭，吸景驻光彩。[4]

[1] 走："走"的本义是"跑"，这里是"奔向"的意思。溟：海。

[2] 逝川：奔流不息的江河。流光：时光。

[3] 春容：青春的容颜。

[4] 云螭（chī）：一种没有角的龙。景：太阳，阳光，这是"景"字的本义。我们看"景"字的造字，上边的"日"表示它的意思，下边的"京"表示它的读音。李白很受道教影响，正式做过道士，向茅山道士学过摄取天地日月的精华以修炼内丹的方法。所谓"吸景"，就是摄取太阳的精华。"吸景驻光彩"就是摄取太阳的精华以求永葆青春。

◆ 知识点 ◆

李白生长的蜀地是道教的发源地，他生活的时代是道教昌盛的时代，李白从年轻时候就渴望修道成仙。所谓"吾当乘云螭，吸景驻光彩"，这话如果是别人来说，恐怕只是一种文学性的夸张表达，但李白说出这番话来，是因为他真的修炼过"吸景"的功夫，真的相信自己可以长生不老、白日飞升。

为什么会有这么多人在黄昏时刻起了愁思？是因为光影西沉那一刻的变化是想躲也躲不过去的啊！

晚唐诗人姚合哭苦吟诗人贾岛，就选择在这样白日西斜的时候，他说"白日西边没，沧波东去流。名虽千古在，身已一生休"。寥寥二十个字，和李白的那首诗用意相似，都是看到白日向西天落下去的速度不可阻止，而海水东流也不能让它停下来，这就像生命啊！你的名字虽然千古常在，但你的今生已经消失在历史烟尘中。

中国那些多情的诗人，因为黄昏一刻难耐心中深情，就起了一个天真的幻想：挽留斜阳。

一个人的心事宛转，在夕阳时分有过多少蹉跎，有过多少不舍，要拼却多大的心力，才敢去挽留住斜阳呢？宋祁写了"红杏枝头春意闹"的春景之后，陡然转笔："浮生长恨欢娱少，肯爱千金轻一笑。为君持酒劝斜阳，且向花间留晚照。"人生苦短，欢愉的时光本来就少，我们难道还舍不得散尽钱财来买自己的欢乐吗？但纵使千金买笑，还是留不住时光啊。我能为你做的事，也就只是持酒劝夕阳了，将它的光芒在花丛之中多留一分是一分，夕阳晚走一会儿是一会儿，让晚照在我们记忆之中的光辉多一点点也好……

眷恋是一件很苦的事，因为要用着深情。

对夕阳苦苦眷恋的人大多有着向日葵一样的生命，离了阳光就不再蓬勃。

白日西沉的时候，人们心中的不甘，生命的蹉跎，往往会被特别地映照出来。万古斜阳融合了太多人从巅峰跌落以后的体验。

有多少人追问斜阳，因为斜阳里酝酿了太多不可言说的人生滋味。

◆ 延伸阅读 ◆

西晋·傅玄《杂诗》
志士惜日短，愁人知夜长。
摄衣步前庭，仰观南雁翔。
玄景随形运，流响归空房。
清风何飘飘，微月出西方。
繁星依青天，列宿自成行。
蝉鸣高树间，野鸟号东箱。
纤云时仿佛，渥露沾我裳。
良时无停景，北斗忽低昂。
常恐寒节至，凝气结为霜。
落叶随风摧，一绝如流光。

唐·姚合《哭贾岛二首》（其一）
白日西边没，沧波东去流。
名虽千古在，身已一生休。
岂料文章远，那知瑞草秋。
曾闻有书剑，应是别人收。

求生欲是人类最强烈的本能，但每个人又必定会面对生老病死的问题，所以古人早就在思考，究竟有没有一种办法可以彻底解决这些问题。道教认为人可以通过修炼来超越身体的局限，那么，究竟应该怎么修炼呢？他们发现金属和石头可以保存很久，至少比粮食可以存放得更久，那么，人如果少吃粮食，多吃金属和石头，会不会活得更久呢？所以他们开始用金属和石头来炼丹，唐朝有好几个皇帝都是吃丹药被毒死的，包括以英明著称的唐太宗李世民。有些道士觉得这条路走不通，便转而从人体的精气神入手，这种方法叫作内丹修炼，李白学的就是这一派的技术。炼丹术有很多专业术语，故意给人制造理解障碍，因为聪明的古人发现这样做可以使自己显得更加高深莫测。李白的诗里有时就会出现这些术语以及道教特殊的逻辑，所以我们在读古代的诗词文章时，不但要掌握作者的生平和社会背景，最好还要掌握一些特殊的知识背景。

北宋·宋祁《玉楼春》

东城渐觉风光好，縠皱波纹迎客棹。绿杨烟外晓寒轻，红杏枝头春意闹。　浮生长恨欢娱少，肯爱千金轻一笑。为君持酒劝斜阳，且向花间留晚照。

◆ 诗人简介 ◆

姚合（777—843），唐诗人。字大凝，陕州硖石（今河南陕县东硖石镇西石门）人。所作诗篇多写个人日常生活和自然景色，喜为五律，刻意求工，颇类贾岛，故"姚贾"并称。

贾岛（779—843），唐诗人。以五律见长，注重词句锤炼，刻苦求工。其诗在晚唐、宋初和南宋中叶颇有影响。

宋祁（998—1061），北宋文学家、史学家。字子京，开封雍丘（今河南杞县）人，幼居安陆（今属湖北）。能诗文，诗多酬赠送别之作，语言工丽。

夕阳西下，断肠人在天涯

　　每个民族的文化，都不能够摆脱深植于它血液之中的传统观念。中国人是眷恋土地的，土地中有他们的庄稼，有他们的房屋，有他们的子孙，有他们的一切安宁。土地告诉他们日出而作，日暮时分一定要归来。对于归途的向往，也就成了天涯游子一代传一代的吟唱。

　　孟浩然的《宿建德江》是大家熟悉的诗："移舟泊烟渚，日暮客愁新。野旷天低树，江清月近人。"诗里有一个载体，一个被不停咏叹的词，"舟"。我们平时常用一个词，"漂泊"，无论是行进中的"漂"，还是静止的"泊"，都是在水上，都离不开舟。一叶扁舟，千里江湖。"扁舟"这个词比陆地上的鞍马劳顿，显得更加寂寞孤独，更有风雨飘摇之感。"移舟泊烟渚"，一天的漂泊之后，诗人的船停在那个寒烟迷茫的小洲边。"日暮客愁新"，这五个字说得真好——太阳落山，一天的时光临近尾声，客子心中的愁却刚刚涌起；一个日子老去了，一个人的几缕忧伤却是新鲜的。这种老去的时光，和新鲜的忧伤交映在一起。"野旷天低树，江清月近人。"平野特别空旷，天好像静静地低垂下来，几乎压在树上；江风明朗清澈，仿佛拉近了月亮与人的距离。从日暮时分，太阳一点一点地隐没，到月亮升起，清光一点一点流泻，日暮和新月之间，流转着永远不能消歇的"客愁"。

　　一提到日暮，血色残阳中渐渐浮起的就是"客愁"，游子心中的忧愁。何时才能回到家乡？在离开的日子，家乡有了什么变故？这些问题，是所有漂泊的客子在每一个日暮都会暗暗涌上心头的问题。而每次日暮都告诉你，你的家乡还远，但你的时间不多，你的生命越走越快，但你还有许多心愿没有完成。"日暮客愁新"，每到日暮，"客愁"涌上心头；每一次涌上心头，就多了一分滋味，多了一分惆怅；每在外漂泊一天，惆怅就加一分，滋味就厚一分。虽然每日都在"愁"，但每次都是那么新鲜，那么感人肺腑。

日暮时分，万种风景涌入眼帘，每一种都可以引发人的"愁"。

说到夕阳下的风景，一定会想起马致远的小令《天净沙·秋思》："枯藤老树昏鸦，小桥流水人家，古道西风瘦马。"九个静态的意象，堆叠在我们的眼前。读这首诗，好像对着一幅静物画，由近景到中景到远景，由平缓到辽阔，由群集到孤单，意象一个个地呈现出来，终于有一轮光笼罩到画卷之上，"夕阳西下"。在前三句中，我们看到的一切仿佛都是静止的——包括原本是翻飞的昏鸦也是栖息在树上，原本是流淌的河水也被小桥和院落拦住，原本是走动的瘦马也停顿在遥远的古道——只有夕阳在走，笼罩了这一切。缓缓西下的夕阳，不仅笼罩着天地间的一切景物，而且笼罩着人心。"夕阳西下"，语句顿挫，不容置疑。在"枯藤老树"到"西风瘦马"这一系列递进连绵的风景之后，突然出现了主人公，"断肠人在天涯"。前面的一系列意象、一系列风景，都是写"景"，而"断肠人在天涯"，则是写"心"。

天涯到底在哪里呢？有时候，天涯不是一段物理的距离，而是一种心上的分量，其实，人的心中有什么样的天涯，人在旅途的哪一个节点上伫立，他就能看到怎样的一番落日情景。

落日心是催归的，如果人真能归来，哪怕已经错过了落日，还有一份温暖存在。我们为什么都喜欢刘长卿的《逢雪宿芙蓉山主人》？"日暮苍山远，天寒白屋贫"，日暮时分，苍山越离越远，越来越朦胧。大地被雪笼罩，简陋的茅屋孤零零的，小而瘦弱。读这句诗，整个身上的感觉都是冷冷的。这两句极为清寒，接下来的两句暖暖的，给人带来希望，带来温暖。"柴门闻犬吠，风雪夜归人。"时间已经不是日暮，而是深夜；原本模糊的视觉，在黑夜里已经什么都看不见了，转而去听，大雪飘飘，夜深人静，狗吠，警觉起来，因为有"风雪夜归人"。"风雪夜归人"这五个字为什么这样打动我们？就是因为这句诗里有跋涉后的欣喜，疲惫后的安顿。不是"断肠人在天涯"，而是风雪之夜终于归来。

[唐]刘长卿《逢雪宿芙蓉山主人[1]》

日暮苍山远，天寒白屋[2]贫。

柴门闻犬吠，风雪夜归人。

[1] 主人：指留宿刘长卿的那户人家的家主。

[2] 白屋：白茅覆盖屋顶的房子。白茅的叶子防雨性能比较好，所以古人用它来铺屋顶。在瓦出现之前，铺屋顶普遍都用茅草。早在殷商时代，连宫殿都是用茅草铺的屋顶。瓦出现之后，富人用瓦来铺屋顶，穷人铺不起瓦，只能用茅草，所以穷人的房子也叫茅屋。

◆ 知识点 ◆

这首诗虽然很短小，看上去只是平铺直叙，其实写作技巧很高，铺垫得充足，逆转得巧妙，很是抓住了人的一般心理。诗歌先是写天色晚了，人在山路上走得疲惫了，天又是那么寒冷，唯一可见的那个小房子又是那么贫寒、简陋。这一切组合起来，令人生出无比凄凉的感觉，但接下来远景忽然变成了近景，柴门处犬吠的声音打破了凄凉的气氛，虽然已经入夜，外面是漫天的风雪，但疲惫的身躯终于进到了歇宿的地方，温馨的感觉一下子油然而生。就是在这一刻，平时看起来那么不起眼的茅屋，那么简陋的，甚至令人厌恶的地方，突然间变成了世间最美好的地方，而且会让人产生一种美丽的错觉，认为人生真正需要的东西其实就只有这么简单。

◆ 延伸阅读 ◆

元·马致远《天净沙·秋思》

枯藤老树昏鸦，小桥流水人家，古道西风瘦马。夕阳西下，断肠人在天涯。

◆ 诗人简介 ◆

马致远（约1251—1321以后），元戏曲作家、散曲家。号东篱，一说字千里，大都（今北京）人。其戏曲创作以格调飘洒脱俗，语言典雅清丽著称。与关汉卿、郑光祖、白朴并称"元曲四大家"。

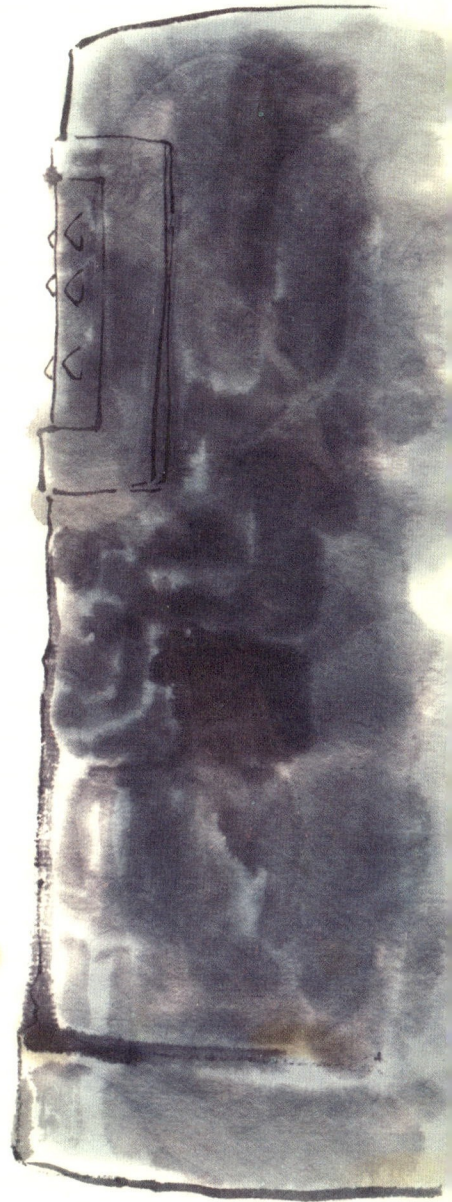

[北宋]王禹偁（chēng）《村行》

> 马穿山径菊初黄，
> 信马悠悠野兴长。
> 万壑有声含晚籁[1]，
> 数峰无语立斜阳。
> 棠梨叶落胭脂色，
> 荞麦花开白雪香。
> 何事吟余忽惆怅，
> 村桥原树[2]似吾乡。

[1] 壑（hè）：坑谷，深沟。籁（lài）：原指古代的一种吹奏的乐器，后来也用来指从孔穴中发出的声音，再后来凡是声音都可以称籁。

[2] 原树：原野上的树木。

这首诗是宋诗里的名篇，"万壑有声含晚籁，数峰无语立斜阳"这一联写得特别出彩。可这一联写得也很古怪，山峰明明就不会说话，明明就是"无语"的，为什么偏偏还说"数峰无语立斜阳"呢？钱锺书特别分析过这个手法，他说："山峰本来是不能语而'无语'的，王禹偁说它们'无语'，并不违反事实，但是同时也仿佛表示它们原先能语、有语、欲语，而此刻忽然'无语'。这样，'数峰无语'才不是一句不消说得的废话。"

这样讲基本不错，只是忽略了"万壑有声含晚籁"巧妙的铺垫作用。

"万壑有声含晚籁"，是形容暮色里

断鸿声里，立尽斜阳

当今科技的发达便捷，已经让惆怅眺望变得很稀缺。我们惦记家人的时候，随手就可以拨个电话；想念朋友的时候，上网就可以遇着。还有谁会因为心中的牵挂独自怅望斜阳吗？但也许就在这一望之中，很多人已经掩盖下去的心事，会不自觉地浮现出来。

王禹偁说："万壑有声含晚籁，数峰无语立斜阳。"千山万壑中，不管是泉流，还是松峰，都含着它的声音，这就叫作天籁。而那座山沉默地站在那里，立尽斜阳。一个人在夕阳中，很多心事无法言说，不必言说。柳永在《玉蝴蝶》中感叹："念双燕、难凭远信，指暮天、空识归航。黯相望。断鸿声里，立尽斜阳。"燕子双飞带不回你的信，斜阳归帆不是你的船。我还能做什么呢？只能伤怀地望着远方，远方的尽头就是你吗？斜阳正浓正红的时分，就站在那里，站到它日渐西落，一点一点隐没，终至斜阳去尽，浓浓的暮色掩去日光，在一片暗暗黑夜中，才心事幽幽地长叹一声，转身归来。

水阔天长，山迢路远，也许"立尽斜阳"是两个人心意相通的最好办法。他们不能像今天这样，把自己的心事用一种快捷的通信手段传到对方那里，这种"此时相望不相闻"，正是最有情味的地方，也是中国诗词的魅力所在。有一句词说得更好："一般离思两销魂。马上黄昏，楼上黄昏。"最后八个字，两个地方，一个时间，一样的销魂，一样的相思。两个人，一个在高高的楼头，是怨妇；一个在远远的马上，是客子。马上有黄昏，楼上有黄昏，两个人约定在这个时刻，一般断魂，两下牵挂。

一个人在忙碌的时候可以有很多的寄托，而在斜阳西下的时候，他看见的只是失落和惆怅，所谓"断送一生憔悴，只销几个黄昏"。纳兰性德写过一首悼亡词，追念他已经过世的妻子。他说："谁念西风独自凉？萧萧黄叶闭疏窗，沉思往事立残阳。"西风吹来，身上的凄寒透至内心，没有人披衣，没有人嘘寒问暖。院子里原本绿意盎然的植物，覆盖在墙壁上、窗户上，在夏日遮阴生凉，如今已经枯黄，锁住了窗子，也让诗人把往事锁在心里，面对残阳独立……"被酒莫惊春睡重，赌书消得泼茶香。"酒酣春睡，是静静的美，是一份两情相悦的欢洽，一个人在欣赏另一个人；赌书泼茶，是灵动活泼的美，知心知音，游戏互动。赌书泼茶，用了另一对伉俪的典故——李清照和赵明诚比记性，看谁能背出哪本书里面哪一段、哪一句话，谁胜谁先喝茶，得胜一方

的山谷发出动听的声音，这里的"籁"其实用的是本义，是指古代的一种吹奏乐器，所谓"含晚籁"，是把山谷做了拟人化的处理，说山谷们都在含着籁这种乐器，吹奏出各种悦耳的声音。那么，"万壑"既然懂得吹籁奏乐，"数峰"当然也可以能语、有语、欲语。

"万壑有声含晚籁"，无数山谷里发出了各种各样悦耳的声音，这样的声音今天一般称为"天籁"，其实严格来讲，这些声音应该称为"地籁"。这些词都是从《庄子》里来的，《庄子》说声音可以分为三种，即人籁、地籁、天籁，人籁是乐器吹奏的声音，地籁是风吹过自然界的各种孔窍时所激发的声音，天籁是最了不起的。人籁需要人用嘴去吹才能听到，地籁需要有风吹才能听到，也就是说，它们都需要被激发才能出声，只有天籁不需要被激发。

但天籁究竟是什么，《庄子》其实并没有讲清楚，所以历代研究《庄子》的学者们做出了很多种推测，甚至觉得天籁只是人籁和地籁的总和。但是，一方面是学者们争论不休，另一方面"天籁"这个词已经扎根在了日常语言里，只要是令我们陶醉的声音，我们都可以称之为天籁。

却常常因为先自得意举杯，放声大笑，把茶泼翻了，反而喝不成。

这种少年夫妻风雅欢乐的日子，就这么成为记忆，一点一点地积郁在心头。所以，沉湎在往事中，独立残阳的纳兰性德最后说了一句话："当时只道是寻常"。这七个字多么平淡！我们人生中多少欢愉，在经历的那一刻，没有珍惜没有在意。两个人觉得这就是一个寻常时候，相伴相守，这样的日子明天还会来，明年还会有，但当这一切过去，一个人在残阳晚照中一点一点追缅的时候才知道，当时只道是寻常的一切，如今却都已消逝，化为感伤。夕阳把诗人带回去，穿过时光的隧道，让他一点一滴地回忆起与妻子的温馨生活，重归温暖。你能说夕阳没有力量吗？

也许今天的人会说，这样的斜阳让我们伤感得无聊，我们权且让它走远，我们早早地亮起房子里面各种各样的灯，打发这段时光不就完了吗？以今天的照明条件，斜阳还没有退尽，霓虹已经照亮了不夜都市，我们对斜阳的那份眷恋还有意味吗？

在今天，望望斜阳成为一件奢侈的事情。一些人的斜阳时分，还在办公室里加班；一些人的斜阳时分，在堵车的路上，闻着汽车的尾气，听着喇叭刺耳声，此起彼伏，除了烦躁没有什么别的心思。斜阳就这样被我们在忙碌中忽略。我们不仅错过了斜阳的感伤，甚至也错过了斜阳中一段从容的温情。斜阳就像是一种淡淡的显影液，曾经多少的心事，浅浅地浮出它的影像。这样的体验，我们是不是也要错过呢？

◆ 延伸阅读 ◆

北宋·柳永《玉蝴蝶》

望处雨收云断，凭阑悄悄，目送秋光。晚景萧疏，堪动宋玉悲凉。水风轻、蘋花渐老，月露冷、梧叶飘黄。遣情伤。故人何在，烟水茫茫。　　难忘。文期酒会，几孤风月，屡变星霜。海阔山遥，未知何处是潇湘！念双燕、难凭远信，指暮天、空识归航。黯相望。断鸿声里，立尽斜阳。

南宋·刘仙伦《一剪梅》

唱到阳关第四声。香带轻分，罗带轻分。杏花时节雨纷纷。山绕孤村，水绕孤村。　　更没心情共酒尊。春衫香满，空有啼痕。一般离思两销魂。马上黄昏，楼上黄昏。

北宋·赵令畤《清平乐》

春风依旧。著意隋堤柳。搓得蛾儿黄欲就。天气清明时候。　　去年紫陌青门。今宵雨魄云魂。断送一生憔悴，只销几个黄昏。

清·纳兰性德《浣溪沙》

谁念西风独自凉？萧萧黄叶闭疏窗，沉思往事立残阳。　　被酒莫惊春睡重，赌书消得泼茶香，当时只道是寻常。

◆ 诗人简介 ◆

王禹偁（954—1001），北宋文学家。字元之。反对宋初华靡文风，提倡平易朴素，于诗推崇杜甫、白居易，于文推崇韩愈、柳宗元。

纳兰性德（1655—1685），清词人。原名成德，字容若，号楞伽山人，满洲正黄旗人。一生以词名世，尤长于小令，多感伤情调，风格近于李后主。

青山依旧在，几度夕阳红

夕阳甚至可以把古人的芳魂，带回到我们眼前。杜甫在王昭君的故居前写下这样的句子："群山万壑赴荆门，生长明妃尚有村。一去紫台连朔漠，独留青冢向黄昏。"诗的最后两句，如此描述这位奇女子的一生，写得多么玲珑，多么明艳，又有着多少凄寒。她远嫁匈奴，走向大漠，最后留下什么呢？一个美丽的传奇，一个凄凉的青冢。去内蒙古，出呼和浩特不远，可以看见昭君墓。昭君墓有个好听的名字，"青冢"，年年秋草枯黄，唯独这座坟上的青草还是萋萋绿色，它还带着南方的风，它还带着不死的心，它还带着魂魄里面的一点点企盼。这样的萋萋芳草，被斜阳映衬得格外触目惊心，这就叫"独留青冢向黄昏"。

如果说斜阳只是一个人的心事，那它不会留下古今这么多的吟唱，之所以如此，更重要的是因为斜阳照彻古今，见证江山更迭。比个人心事更开阔的是黄昏的那份庄严。"江山不管兴亡事，一任斜阳伴客愁。"江山怎么能够知道人间的兴亡变幻呢？斜阳日日都落，只有一代代多情诗人，满怀兴亡之慨，对着常青的山河，对着不变的斜阳。

斜阳曾经探望过多少人？斜阳曾经见证过多少事？刘禹锡在《乌衣巷》中说："朱雀桥边野草花，乌衣巷口夕阳斜。旧时王谢堂前燕，飞入寻常百姓家。"在今天，那些野草闲花都融入了夕阳晚照中，春天里燕子飞来，它们落脚的地方，当年的华丽楼阁，如今却变成了寻常百姓人家。真正的惊心动魄不是风云突变的瞬间，而是再大的辉煌也终将归于平淡。

同样的心情，辛弃疾也有。他在京口北固亭上，一眼望去："千古江山，英雄无觅孙仲谋处。舞榭歌台，风流总被雨打风吹去。斜阳草树，寻常巷陌，

◆ 诗歌详注 ◆

[唐]刘禹锡《乌衣巷》[1]

朱雀桥边野草花，
乌衣巷口夕阳斜。
旧时王谢堂前燕，
飞入寻常百姓家。[2]

[1] 这首诗是刘禹锡著名的《金陵五题》之一，吟咏南京乌衣巷的历史变迁。南京做过东晋的都城，当时的乌衣巷是豪门望族的聚居地。从南京市中心向南到乌衣巷，路上要通过朱雀桥，横跨秦淮河。

[2] 王谢：东晋时极重门第，王家和谢家是当时最显赫的两大家族，开国元勋王导和运筹淝水之战的功臣谢安都住在乌衣巷里。

◆ 知识点 ◆

宋朝有人说，这首诗并不是感怀历史变迁的，诗中所说的"王谢"其实并不是东晋时的王、谢家族，而是一个家住金陵（南京）的名叫王谢的人。王谢一家世代以航海为业，有一次王谢出海后船只遇难，他顺水漂流，终于登上了一片陆地。这里是乌衣国，有一对穿着黑色衣服的老夫妻把王谢带到了自己家里，还把女儿嫁给了他。日子久了，王谢思念家乡，于是乘船渡海回到了金陵，却难以返回乌衣国了。到了金陵的家里，王谢看到有两只燕子栖息在房梁上，便招呼燕子飞到自己的手上，然后在一张纸片上写下一首思念妻子的小诗系在燕尾上。第二年春天，燕子

人道寄奴曾住。想当年，金戈铁马，气吞万里如虎。"当年孙权的江山，已经黯淡。舞榭歌台，曾经的繁华，这一切都走远了，只有芳草斜阳中的一条平凡小巷还在，传说是当年南朝宋武帝刘裕住过的地方。这条寻常巷陌，静静铺展在落日斜阳之中，向历史留下一份见证。

"金戈铁马，气吞万里如虎。"不管是当年孙权的英雄豪气，还是刘裕的指点江山，都已经化为历史的陈迹，被"雨打风吹去"了，但他们的气息，依稀犹在，成为人们指指点点中的传说。

一切兴亡过往，总有一道永恒的背景不变，那就是斜阳犹在。在那样的斜阳暮景之中，一切是迷茫的，一切是温暖的，迷茫如同前尘往事，温暖如同旧梦归来。江山古今，迷茫而温柔的斜阳始终都在。

气度豪爽的李太白看斜阳："音尘绝。西风残照，汉家陵阙。"这是何等的气魄！西风是冷冽的，残照是苍茫的，从汉家陵阙里面透出历史的声音，悠悠千古，一直不曾消失。今天还有西风，还有残照，在我们的这个世界上，我们能够看见换了容颜的人间，只是，夕阳还能照进匆忙的人心吗？

我们在残阳中真的只有一己的忧伤吗？残阳照彻人生，每个人在黄昏落照之中都有自己的感受，也许残阳如血，永远映照在兴衰交迭的关隘之上，永远照映着古今的苍茫，也永远

照彻人们的心事。看得见残阳就在一天的边界上抓住了温暖，守住了心中没有陨落的梦想。

"青山依旧在，几度夕阳红。"千年兴衰，江山更迭，夕阳为证。

◆ 延伸阅读 ◆

唐·杜甫《咏怀古迹五首》（其三）
群山万壑赴荆门，生长明妃尚有村。
一去紫台连朔漠，独留青冢向黄昏。
画图省识春风面，环佩空归夜月魂。
千载琵琶作胡语，分明怨恨曲中论。

唐·包佶《再过金陵》
玉树歌终王气收，雁行高送石城秋。
江山不管兴亡事，一任斜阳伴客愁。

南宋·辛弃疾《永遇乐·京口北固亭怀古》
千古江山，英雄无觅孙仲谋处。舞榭歌台，风流总被雨打风吹去。斜阳草树，寻常巷陌，人道寄奴曾住。想当年，金戈铁马，气吞万里如虎。　元嘉草草，封狼居胥，赢得仓皇北顾。四十三年，望中犹记，烽火扬州路。可堪回首，佛狸祠下，一片神鸦社鼓。凭谁问：廉颇老矣，尚能饭否？

飞了回来，果然带回了妻子的回信，但从下一年开始，燕子就再也没有飞回来了。这个故事感动人心，人们便把王谢住的那个巷子叫作乌衣巷，后来刘禹锡还写了"朱雀桥边野草花……"这首诗来纪念这个事情。

看了这个故事，今天的读者一定会很吃惊：古人难道也会这么荒唐吗？

其实这种荒唐的故事并不少见，很多著名的诗词都被附会过这类故事。但我们不要只是觉得其荒唐可笑，事实上，许多优秀的诗词能够普及市井百姓中间，正是得益于这些符合百姓趣味的荒唐故事。如果我们想了解某一首诗是怎么传承下来的，怎么流行起来的，有时候就要在这些故事上寻找线索。

唐·李白《忆秦娥》

箫声咽。秦娥梦断秦楼月。秦楼月。年年柳色，灞陵伤别。　　乐游原上清秋节。咸阳古道音尘绝。音尘绝。西风残照，汉家陵阙。

明·杨慎《临江仙》

滚滚长江东逝水，浪花淘尽英雄。是非成败转头空。青山依旧在，几度夕阳红。　　白发渔樵江渚上，惯看秋月春风。一壶浊酒喜相逢。古今多少事，都付笑谈中。

守望一段斜晖脉脉水悠悠

黄昏多情，黄昏无奈，闺怨诗遂成为黄昏时候格外醒目的一个类别。

李商隐在《代赠》中写道："楼上黄昏欲望休，玉梯横绝月如钩。芭蕉不展丁香结，同向春风各自愁。"这也是"立尽斜阳"。一个思妇，在黄昏时刻，登上楼头，望眼欲穿，望不见天边，更望不见归人，从暮色沉沉一直望到新月如钩。

孤寂之中，她终于看到了陪伴自己的两种植物：芭蕉和丁香。但是芭蕉不舒展——叶子紧紧卷着，丁香空自结——花骨朵也是裹成小结。芭蕉和丁香，都没有展开自己的美丽。"同向春风各自愁"，同处一片春风中，芭蕉愁，丁香愁，她也在愁，各有各的心事。她的心如同芭蕉叶、丁香结，面对春风，面对夕阳，所有的孤独、所有的心事都被刻画出来。

这种孤独，这种思念，也就是温庭筠所说的："梳洗罢，独倚望江楼。过尽千帆皆不是，斜晖脉脉水悠悠。肠断白蘋洲。"黄昏这个时候，归舟点点，自天际而来，但千帆望尽，都不是自己等待的人，只有斜阳脉脉，碧水悠悠，空空伴着楼头盛装的佳人独自忧伤。这样丝丝缕缕的斜阳光线，把痴痴守望中的那点寂寞与不甘刻画得千回百转，只"斜晖脉脉水悠悠"七字，写尽纤细绵长的一种刻骨伤情。

而在晏殊的笔下："红笺小字，说尽平生意。鸿雁在云鱼在水，惆怅此情难寄。"写完信笺，诉尽相思，但无法把自己的心意寄出去。这一个难耐时刻，又见斜阳。"斜阳独倚西楼，遥山恰对帘钩。人面不知何处，绿波依旧东流。"这也是一个静默的时刻，斜阳笼罩了楼头独自远眺的身影，极目处一带远山，绿水东流，斜晖常在。只是人面不知何处，红笺小字写就的相思无处可投，空空握着自己心中的一把柔情，"惆怅此情难寄"。

这个世界上有很多永远也寄不出的情书，写出来不过是对自己心事的一个交代。托明月，寄斜阳，太多的愁思并不一定非让对方知道，只是为了安顿自己的一颗心。而今天，一个人有思慕，如果不买礼物送对方，他会自问，她怎么能知道呢？一个人有很深的爱恋，他会想，如果我不发一封E-mail，不让她读到我的心声，她怎么能懂得呢？其实，最深挚无悔的爱恋未必一定要得到回应，笔墨晕染了情思，无非是给自己的生命一个交代。斜阳和明月，之所以在中国人心中有如许分量，是因为斜阳余晖中融合了无数人盼归的眺望，那些目光中的企望酿成了西天晚霞；而明月清冷的光芒中含着多少相思的眼泪，那些思情磨洗出了月光的皎洁。

　　这样一个黄昏时分，到了元曲里面说得更加鲜活。王实甫写《别情》："怕黄昏忽地又黄昏，不销魂怎地不销魂。新啼痕压旧啼痕，断肠人忆断肠人。"人怕黄昏，忽然之间真的又黄昏了，人要保重自己别销魂啊。可他怎么能够不销魂？旧啼痕没有干，新啼痕又来了，自己是断肠人，又在想念另一个断肠人。

　　这样的句子常常让我思考，今人相比于我们的祖先，是更有力量了还是更无能了？表面看起来，科技让我们上天入地，几乎无所不能，我们显然是进步了。但在另外一方面，我们不勇敢了，我们不深情了。今天，我们有几个人会为一份寄托不出去的情思而断肠呢？我们有几个人会对那种无法回应的音信还执着呢？有几个人会在乎对自己的心、自己的感情有一份交代？有几个人还会勇敢地面对斜阳去感伤呢？

　　对于这样的一个时刻，刻画得最细腻的是南渡之后的李清照。由北入南，失去夫君，失去家国河山，这样一个走向暮年的女人，黄昏时刻，她的心事又能怎么书写？

　　　寻寻觅觅，冷冷清清，凄凄惨惨戚戚。乍暖还寒时候，最难将息。三杯两盏淡酒，怎敌他晚来风急？雁过也，正伤心，却是旧时相识。　满地黄花堆积，憔悴损，如今有谁堪摘？守着窗儿，独自怎生得黑！梧桐更兼细雨，到黄昏、点点滴滴。这次第，怎一个、愁字了得！

[南宋]李清照《声声慢》

寻寻觅觅，冷冷清清，凄凄惨惨戚戚。乍暖还寒时候，最难将息[1]。三杯两盏淡酒，怎敌他晚来风急？雁过也，正伤心，却是旧时相识。　满地黄花堆积，憔悴损，如今有谁堪摘？守着窗儿，独自怎生得黑！梧桐更兼细雨，到黄昏、点点滴滴。这次第[2]，怎一个、愁字了得！

[1] 将息：调养，休息。
[2] 次第：光景，情形。

◆ 知识点 ◆

这首《声声慢》是李清照最重要的名篇，它之所以出名，不是因为它的内容有多么了不得，而是因为它在修辞手法上很有压倒前人的地方。词的一开始连用十四个叠字，宋朝人张端义说，这简直就是公孙大娘舞剑的手法，本朝虽然有那么多精通文墨的人，但从来没人这样写过；还有"独自怎生得黑"用"黑"字来做韵脚，奇妙无比，从此"'黑'字不许第二人押"。

初学者往往有一个误解，认为文学作品注重的是内容，而形式无关轻重。所以很多人不喜欢古典诗词，认为诗词格律太束缚人，不能让人酣畅淋漓地抒发情怀。事实上文学的进步在很大程度上就是文学形式的进步，甚至可以说完全就是文学形

我们都记得她的这首《声声慢》。"寻寻觅觅，冷冷清清，凄凄惨惨戚戚。"这一连串的叠字，写出从清早起来就若有所失，无着无落，想要寻觅，抓住些依托，偏偏落得一片惨凄……"乍暖还寒时候，最难将息。三杯两盏淡酒，怎敌他晚来风急？"想想她内心的单薄纤弱，堆积了多少世间离乱变迁的心事，偏偏到了这样一个难耐时分，长空断雁，蓦然之间勾起她更深的感伤："雁过也，正伤心，却是旧时相识。"而今南来的秋雁，正是当年在北方曾见过的吧，它们是否还记得当年赌书泼茶的欢洽，挥毫泼墨的倜傥？物虽是人却非，江山易代，沧海桑田。

再看地上："满地黄花堆积，憔悴损，如今有谁堪摘？守着窗儿，独自怎生得黑！"韩偓曾经"醉里回头问夕阳"，责问斜阳走得太快，太无情，全然不管相思人老去。而李清照却怨斜阳难耐，她说，我守着这个窗子，看着满地堆积的菊花，无心去采，人共花，任憔悴，如此光景，让我怎么才能挨到天黑？在烈士们的眼里，黄昏太过匆匆，来不及建功立业；在高士们的眼里，黄昏太过匆匆，来不及纾解怀抱；而在李清照的眼里，黄昏格外悠长，满眼的景致已经不堪，何况又听见了这样一种声音："梧桐更兼细雨，到黄昏、点点滴滴。"这番景象，一个"愁"字能了吗？人心

已怨黄昏长，偏偏雨打梧桐，点点滴滴，格外地渲染了她的忧伤。

有谁的黄昏能如此细腻？跟着李清照走过这样一个宛转曲折的黄昏之后，我们怅然望向天空，才发现都市已经在尾气的迷雾和过早亮起的霓虹灯彩中失去了黄昏。今天的人纵使有了忧伤，总希望尽快忘怀，虽然可以用各种各样的方式去排遣去发泄，但忧伤过后，情感一片空茫。还有谁敢寂寞地守住黄昏呢？还有谁敢用一份沉甸甸的忧伤，实实在在去印证一份情感的力量？

李商隐更勇敢，他送走了黄昏，送走了夕阳，还不甘心，所以写下《花下醉》。"寻芳不觉醉流霞，倚树沉眠日已斜"，太阳已经西斜，在沉沉的斜阳中，人不知不觉地欢愉，人不知不觉地沉睡，而醒来之后呢？"客散酒醒深夜后，更持红烛赏残花。"夕阳已逝，夜色沉沉，客已散，酒已醒，唯有已经凋零的残花还在。那么就端起红烛，在烛光中独自欣赏那份残败的美丽吧……这是送走夕阳之后的不甘，送走夕阳以后的意犹未尽。这种对残花、对孤独的品味和享受，也是一种心灵的丰富和勇敢。

式的进步。"太阳底下没有新鲜事"，这话虽然有点极端，但相当在理，因为人类千百年来的大事小情无非都是老一套，古人追名逐利，今天的人一样会追名逐利；古人追求理想，今天的人也一样会追求理想；古人在追求过程中遭遇的挫折感，今天的人也一样会遭遇，在这种时候，古人和今人一样要排遣这些负面的情绪。种种悲欢离合、生老病死，具体的事情虽然有异，社会的结构与风俗习惯虽然有别，但归根结底无非都是同类的事情、同样的感情。即便你能写出新的内容，比如你描写自己在经受与挚爱之人的生离死别时感到心花怒放，这即便是真的，但这样的作品肯定无法引起共鸣，自然也就无法流传。

当我们说一篇文学作品之所以出色的时候，我们更应该关注的是它的文学手法，而不是内容本身。试想李清照的这些悲情伤感如果让祥林嫂讲出来，故事是同样的故事，情感是同样的情感，但我们会有什么感觉呢？

唐·温庭筠《望江南》

梳洗罢，独倚望江楼。过尽千帆皆不是，斜晖脉脉水悠悠。肠断白蘋洲。

北宋·晏殊《清平乐》

红笺小字，说尽平生意。鸿雁在云鱼在水，惆怅此情难寄。　　斜阳独倚西楼，遥山恰对帘钩。人面不知何处，绿波依旧东流。

元·王实甫《别情》

自别后遥山隐隐，更那堪远水粼粼。见杨柳飞绵滚滚，对桃花醉脸醺醺。透内阁香风阵阵，掩重门暮雨纷纷。怕黄昏忽地又黄昏，不销魂怎地不销魂。新啼痕压旧啼痕，断肠人忆断肠人。今春，香肌瘦几分？搂带宽三寸。

唐·韩偓《夕阳》

花前洒泪临寒食，醉里回头问夕阳。
不管相思人老尽，朝朝容易下西墙。

◆ 诗人简介 ◆

王实甫（？—？），元戏曲作家。一说名德信，大都（今北京）人。生平事迹不详，所作杂剧今知有十四种。

韩偓（约842—923），唐末诗人。字致尧（一作致光），小字冬郎，自号玉山樵人，京兆万年（今陕西西安）人。其早年诗多写艳情，词藻华丽，有香奁体之称。

别来沧海事，语罢暮天钟

夕阳带给人一种特殊的审美，在朦胧之中，转瞬即逝，让人在如梦如幻的光影中看见一种不真实的美感。你说不清你看见的是一段旧江山，还是一段新梦境。斜阳晚照时分，既不像早晨的光线那么柔和，也不像正午的阳光那么强烈，它有曲折，有跌宕，有温婉，有迷蒙，所谓"竹怜新雨后，山爱夕阳时"，你看看，雨后新竹，格外惹人怜爱，晚山斜阳的那一刻，最让人怦然心动。

王勃的千古名句描绘出："落霞与孤鹜齐飞，秋水共长天一色。"落霞从天边往下走，遇上了飞起的白鹜；秋水从近处往远处流，接上了远方的长天。这样一种远近高低之间的相遇，凝成了我们心中永不褪色的诗意。谢朓写过"余霞散成绮，澄江静如练"的佳句，以至于李太白以后想起来，"解道澄江静如练，令人长忆谢玄晖"。只要念起"澄江静如练"这个句子，李白的心中就会想起小谢留下的永恒晚霞，想起他文字中的清新、蓬勃。这些瞬间，在文字中成为永恒。

陆游说，"平堤渐放春芜绿，细浪遥翻夕照红"，青青平芜的绿色和水波上残阳泛起夕阳红，多么鲜明的对比。白居易说，"一道残阳铺水中，半江瑟瑟半江红"，这要多细腻的心才能看得见。远远的地方是宁静的水波，残阳渲染，一片红艳；近处有粼粼波光，如同绿玉，流波宛转。秦少游说，"无数青莎绕玉阶，夕阳红浅过墙来"，那样的红浅之色，说明夕阳未晚，还带着一点朦朦胧胧的探望，悠悠过墙而来。

同样是秦少游，他写道："多少蓬莱旧事，空回首，烟霭纷纷。斜阳外，寒鸦万点，流水绕孤村。"后来晁补之赞叹这句诗词："虽不识字人，亦知是天生好言语。"这是秦少游化用隋炀帝写过的一句诗，叫作"寒鸦飞数点，流水绕孤村"。但是秦少游妙在给它加了三个字"斜阳外",另外把寒鸦"数点",改成寒鸦"万点"。在斜阳的大背景下,万点寒鸦,纷纷扰扰覆盖住了孤零零的村子,多而动,孤而静,更显出来一种苍凉。有了斜阳晚照,有了寒鸦纷扰,流水孤村更映衬出它的轮廓。这一切,只加"斜阳外"三个字,便勾勒得不同凡响。

难怪杨万里说:"好山万皱无人见,都被斜阳拈出来。"这句诗写得巧,因为他用了一个动词"拈","拈"是一个轻巧的词——两根手指叫"拈",三根手指叫"撮",五根手指叫"托",两只手叫"捧"——轻轻一拈,它不是托出来,不是捧出来,甚至也不是照出来,不是映出来,只用一个"拈出来",轻巧灵动。多少好处,斜阳一片都刻画在眼前。画家都有这个感觉:夕阳西下时,山的轮廓在光线的作用下,明暗光影交错,色彩斑驳,显得特别分明,平时我们看不见的千丘万壑,都被夕阳神奇地"拈"出来了。

正因为斜阳易逝,你去观察光影明灭的那个瞬间,用诗句把它刻画下来,才能留住,它就不再走远。古人在山水间惆怅,而今天生活在都市中的我们也有一种惆怅。我们离山很远,离水很远,我们去山水之间,只是作为休闲度假,是一种奢侈的享乐,要专门拿出时间,拿出成本,专门去拜赏一处地方。但是,我们本来是从山水中来的,斜阳、清风、明月、山林,这一切本身都是无价的,曾经与我们朝夕相伴,不离不弃。千古以来,在斜阳坠入水中、斜阳披在山上的那一刻,有多少人用诗句刻画过它们啊?但是今天,对都市的孩子来讲,这些已经无法想象了。想让孩子欣赏古诗中的斜阳与黄昏,家长们也许要带他看电影,要给他翻画册,告诉他这大概就是唐诗里说的景象。这个现象本身,足够令我们惆怅了。什么时候,什么机缘,我们才能够回到那种自然的氛围底下?才能在看见斜阳的时候,用自己的心悠悠地、从容地追踪着它,写下周邦彦这样的句子——

"一抹残霞,几行新雁,天染云断,红迷阵影,隐约望中,点破晚空澄碧。"他舍不得用重彩,舍不得下浓墨,笔触轻轻的,含着一点在乎和怜惜。残霞是一抹,新雁恰几行,天染云断,红迷阵影……而人在静静旁观,看着一片晚空澄澈。隐约之中,是你自己极目放远的心情。

而今,我们走在柏油马路上,感觉不到泥土的柔和,也同样失去了天空的辽阔和清澈。我们习惯了都市的雾霾天气，也熟悉了雾霾天气中所含的颗粒物的成分，我们惴惴不安地在网上查找，寻找各式各样防雾霾的措施。匆忙之间，我们也失去了天空上的那一抹残霞。还能不能够有一种中国古人的诗意，让我们的脚步富有弹性，在柏油马路上还可以感觉到泥土？能不能够有一种诗意的眼光，带我们望断长空，捕捉到城市天边的流霞余晖？

诗意是一种信仰。我一直坚信：愿意相信诗意的人，诗意就浮沉在他生活的每一瞬间，用心就一定抓得到。不信的话，让我们闭上眼睛，静静倾听千载之前的斜阳晚钟是怎样敲打过我们内心温润的恸动。

多少人写过斜阳中的晚钟，倾听时间的流逝，倾听空间的永恒。斜阳里晚钟的回荡，会令人心中蓦然一惊。韦庄说："万古行人离别地，不堪吟罢夕阳钟。"这首诗作于灞陵道中，灞桥折柳，南浦送别，都是古人的离别之地，离别时一碰就碎的心情，才特别不堪夕阳钟声。同样，"孤村树色昏残雨，远寺钟声带夕阳"，远寺钟声响起，夕阳款款行来。钟声、斜阳的叠印，跟雨后黄昏的心情，隐隐地叠加在一起。

那个爱斜阳的韩偓，写下"见时浓日午，别处暮钟残"。这十个字多漂亮啊！我们俩相见的时候，红日高高，正在浓浓的正午，此刻要分别了，远远地听见暮钟的袅袅残音。浓日、暮钟，这两个时分写尽心情。他见的是谁？是朋友，是恋人？诗中没有说，也不必说相见时是欢畅还是忧伤，只是写出了夕阳晚钟，敲打在心里，能够敲断我们多少心事。

同样是相见，同样是暮钟，李益见到自己的表弟却是："别来沧海事，语罢暮天钟。"两个人这么久不见，见面之后互相诉说着分别后的生活，发生在两个人身上的变化，就像沧海桑田。这漫长的分别，有多少故事，长长的话终于说完，人静下来，听见了暮天晚钟。原来，分别之后我们都苍老了这么多！人的黯然，相互的懂得，人的爱惜，对未来的怅惘，都在暮天晚钟这个时分格外浓沉起来。

罗隐说："十年别鬓疑朝镜，千里归心著晚钟。"人总是怀疑镜子，镜子是不是反光了？头发白了吗？不可能。再看一看，确实是头发白了。人在羁旅之中，千里之后遥遥的归心啊，托付到何处？日日都有晚钟响起，日日都有暗自心惊，这就

◆ 诗歌详注 ◆

[唐]李益《喜见外弟[1]又言别》

十年离乱后，长大一相逢。
问姓惊初见，称名忆旧容。[2]
别来沧海事，语罢暮天钟。[3]
明日巴陵道，秋山又几重。[4]

[1] 外弟：表弟。

[2] 问姓惊初见，称名忆旧容：在离别了十年之后，李益和表弟已经对面不能相认，这次邂逅，本以为是与一个陌生人初次相见，问过姓名之后才惊呼原来是亲人，不禁回忆起亲人十年前的容貌。

[3] 沧海：这是"沧海桑田"的省略语。因为这是五言诗，受限于格律，所以"桑田"被省略掉了。如果用七言诗来讲的话，可以说"别来沧海桑田事，语罢寒天日暮钟"。

[4] 巴陵道：通往巴陵（今天的湖南岳阳）的道路。这两句是说在今天这匆匆一见之后，明天又要分别，表弟将前往巴陵，不知道以后还有没有再见之期了。

◆ 知识点 ◆

文学作品写小人物的悲欢离合，往往要放到宏大的社会背景下才显得格外感人，今天的文艺电影就很喜欢用这个手法。这是我们从古人的作品中总结出来的规律，但古人在写作的时候往往并没有意识到这个规律，也没有刻意要增强作品的感染力，他们只是真的生活在一个波诡云

是心灵跟晚钟之间的应和。今天，钟声渐远，依稀之中，我们还能不能捕捉到？如果夕阳的颜色还不足以吸引我们的目光，那么希望这些隐约的钟声，还能敲打在我们的心上。

◆ 延伸阅读 ◆

唐·钱起《谷口书斋寄杨补阙》
泉壑带茅茨，云霞生薜帷。
竹怜新雨后，山爱夕阳时。
闲鹭栖常早，秋花落更迟。
家童扫萝径，昨与故人期。

南朝齐·谢朓《晚登三山还望京邑》
灞涘望长安，河阳视京县。
白日丽飞甍，参差皆可见。
余霞散成绮，澄江静如练。
喧鸟覆春洲，杂英满芳甸。
去矣方滞淫，怀哉罢欢宴。
佳期怅何许，泪下如流霰。
有情知望乡，谁能鬒不变？

南宋·陆游《野饮》
青山千载老英雄，浊酒三杯失厄穷。
访古颓垣荒堑里，觅交屠狗卖浆中。
平堤渐放春芜绿，细浪遥翻夕照红。
已把残年付天地，骑牛吹笛伴村童。

唐·白居易《暮江吟》

一道残阳铺水中，半江瑟瑟半江红。

可怜九月初三夜，露似真珠月似弓。

北宋·秦观《秋词二首》（其二）

无数青莎绕玉阶，夕阳红浅过墙来。

西风莫道无情思，未放芙蓉取次开。

北宋·秦观《满庭芳》

山抹微云，天连衰草，画角声断谯门。暂停征棹，聊共引离尊。多少蓬莱旧事，空回首，烟霭纷纷。斜阳外，寒鸦万点，流水绕孤村。　销魂，当此际，香囊暗解，罗带轻分。谩赢得、青楼薄幸名存。此去何时见也，襟袖上、空惹啼痕。伤情处，高城望断，灯火已黄昏。

南宋·杨万里《舟过谢潭三首》

碧酒时倾一两杯，船门才闭又还开。

好山万皱无人见，都被斜阳拈出来。

北宋·周邦彦《双头莲》

一抹残霞，几行新雁，天染云断，红迷阵影，隐约望中，点破晚空澄碧。助秋色。门掩西风，桥横斜照，青翼未来，浓尘自起，咫尺凤帏，合有人相识。　叹乖隔。知甚时恁与，同携欢适。度曲传觞，并韉飞辔，绮陌画

故社会背景里，然后如实地写出自己的生活和感情罢了。李益这首诗就是一例，其中最著名的一联"别来沧海事，语罢暮天钟"，与表弟分别的这十年间，又有安史之乱，又有藩镇割据，又有吐蕃入侵，世事沧海桑田，几番巨变。假如是在太平时代，李益和表弟仅仅是换过几份工作，经历过几次情感波折，搬家换过几座城市，对于个人而言，这虽然也算得上波折，但说成"别来沧海事"显然就是小题大做了，只会让我们觉得这个诗人太过矫情。反过来讲，也只有当我们了解了李益所经历的社会变迁，才会觉得这首诗真的很感人，才不会觉得这个诗人有任何矫情的地方。

177

堂连夕。楼头千里，帐底三更，尽堪泪滴。怎生向，无聊但只听消息。

唐·韦庄《灞陵道中作》
春桥南望水溶溶，一桁晴山倒碧峰。
秦苑落花零露湿，灞陵新酒拨醅浓。
青龙夭矫盘双阙，丹凤褵褷隔九重。
万古行人离别地，不堪吟罢夕阳钟。

唐·卢纶《与从弟瑾同下第后出关言别》
同作金门献赋人，二年悲见故园春。
到阙不沾新雨露，还家空带旧风尘。
杂花飞尽柳阴阴，官路逶迤绿草深。
对酒已成千里客，望山空寄两乡心。
出关愁暮一沾裳，满野蓬生古战场。
孤村树色昏残雨，远寺钟声带夕阳。
谁怜苦志已三冬，却欲躬耕学老农。
流水白云寻不尽，期君何处得相逢。

唐·韩偓《荐福寺讲筵偶见又别》
见时浓日午，别处暮钟残。
景色疑春尽，襟怀似酒阑。
两情含眷恋，一饷致辛酸。
夜静长廊下，难寻屐齿看。

唐·罗隐《抚州别阮兵曹》
雪晴天外见诸峰，幽轧行轮有去踪。
内史宅边今独恨，步兵厨畔旧相容。

十年别泪疑朝镜，千里归心著晚钟。

若不他时更青眼，未知谁肯荐临邛。

◆ 诗人简介 ◆

谢朓（464—499），南朝齐诗人。字玄晖，陈郡阳夏（今河南太康）人。在永明体作家中成就最高，诗多描写自然景色，善于熔裁，时出警句，风格清俊，颇为李白所推许。后世与谢灵运对举，亦称小谢。

杨万里（1127—1206），南宋诗人，字廷秀，学者称诚斋先生。吉水（今属江西）人。诗与陆游、范成大、尤袤齐名，称"中兴四大家"，亦作"南宋四大家"。

韦庄（约836—910），五代前蜀诗人、词人。字端己。其词语言清丽，多写闺情离愁和游乐生活，在《花间集》中较有特色。

李益（748—约829），唐诗人。字君虞，陇西姑臧（今甘肃武威）人。长于七绝，以写边塞诗知名，情调感伤。

罗隐（833—910），唐代文学家。字昭谏，杭州新城（今浙江富阳西南）人。其散文小品，笔锋犀利，多用口语，于民间流传颇广。

[唐]李颀《送陈章甫》

四月南风大麦黄,
枣花未落桐叶长。
青山朝别暮还见,
嘶马出门思旧乡。
陈侯立身何坦荡,
虬须虎眉仍大颡。[1]
腹中贮书一万卷,
不肯低头在草莽。[2]
东门酤酒饮我曹[3],
心轻万事如鸿毛。
醉卧不知白日暮,
有时空望孤云高。
长河浪头连天黑,
津口停舟渡不得。
郑国游人未及家,
洛阳行子空叹息。[4]
闻道故林[5]相识多,
罢官昨日今如何?

[1] 陈侯:对陈章甫的尊称。虬(qiú)须:卷曲的胡子。大颡:宽额头。颡(sǎng):额头。

[2] 腹中贮书一万卷,不肯低头在草莽:陈章甫很有才学,考中过进士,但因为他从来没有登记过户籍(用今天的话说就是黑户),所以负责安排官职的吏部不录用他。陈章甫不肯轻言放弃,上书为自己力争,结果被破格录用。这件事被传为佳话,陈章甫也因此声名大噪。但在做官之后,陈章甫并不得志,终于离开洛阳,

生命安顿:终古闲情归落照

人对光阴是易感的,看到春花秋月,流光逝去,我们的心在岁月中蹉跎,在岁月中憧憬。而在今天,人们的时间感觉变得越来越不分明。一天之中,我们来不及看朝霞到落日的变化,甚至已经忽略了旦暮晨昏。哪怕是炎日正午,写字楼里也拉着窗帘开着日光灯;哪怕已夜色沉沉,歌舞升平的宴会场所,也一片水晶灯通堂明亮。自然的阳光对我们越来越不重要,在这一天天模糊了时间界限的过程中,我们不仅仅失去了诗意,失去了感伤的机缘,甚至也失去了夕阳中的安顿。夕阳不仅能勾起我们那些未解的心事,同时,夕阳中也有静谧和温馨。

李颀送给朋友陈章甫的诗说:"东门酤酒饮我曹,心轻万事如鸿毛。醉卧不知白日暮,有时空望孤云高。"好朋友们一起喝酒,喝到人心里把万事都看轻了,放下了,如鸿毛。不知不觉中,白日将尽,暮色铺展开的时候,望望天上,看见闲云远去,高渺出尘。这一片夕阳中弥漫的是旷达通透的彻悟,洋溢着温暖欢欣。

安顿可以是人在夕阳下的休憩和满足,比如说王绩的《野望》,一幅暮景,用白描的

笔法浅浅道来："树树皆秋色，山山唯落晖。牧人驱犊返，猎马带禽归。"我们说夕阳西下是一个归来的时分，牧人赶着小牛犊回来，猎马带着一天的猎物回来，所有这些归来，让晚照拥有了温情。夕阳晚照既然是一个归来的时刻，我们为什么要久久不归呢？

王维写《渭川田家》："斜阳照墟落，穷巷牛羊归。野老念牧童，倚杖候荆扉。雉雊△麦苗秀，蚕眠桑叶稀。田夫荷锄至，相见语依依。即此羡闲逸，怅然吟式微。"斜阳晚照，牛羊都回来了，放牛的一个小孩却贪玩没回家，爷爷拄着拐杖，伸长脖子等在自家柴门口……村里人听见外面的山鸡叫，看见麦苗一点一点长起来，看到蚕宝宝睡了，桑叶逐渐稀落，就知道要收蚕茧了。田间人扛着锄头回来，见面打听打听谁家收成好不好，谁家有什么样的新打算。这一切宛如闲逸小品，构成了晚照中关于归的意境。诗人静静品味着这一切，牛羊归来，牧童归来，农夫归来，他的心情也归来了，"即此羡闲逸，怅然吟式微。"人到这时候就知道，斜阳之中也可以不惆怅，一种安顿的方式就是心的归来。

在所有的归途上，最勇敢的归来者就是陶渊明，自从他那一首《归去来兮辞》把自己召回，他的斜阳就成为千古的温暖。我们都

△ 雉雊（zhìgòu）：野鸡鸣叫。

准备回家过老百姓的日子。陈章甫罢官返乡之际，李颀送他到渡口，以这首诗赠别。李颀当然知道陈章甫曾经为了做这个官付出了多少的努力，知道他肯定不甘心在草莽之中做一个普通百姓。

[3] 酤（gū）酒：买酒。我曹：我辈。

[4] 郑国游人：指陈章甫。洛阳行子：李颀自指。

[5] 故林：故乡。之所以不说故乡而说故林，是因为"林"有山林隐逸的含义，古人称辞官归隐为"退归林下"。

◆ 知识点 ◆

李颀这首诗是描摹人物的典范之作。李颀自己是个性格张扬的人，他所送别的陈章甫也是个性格张扬的人，狂人和狂人惺惺相惜，李颀描绘陈章甫的神态，其实同时也是在描绘自己的神态。而狂人赞美起自己和自己的同类，从来不懂得谦虚，所以才能写得神采飞扬、活灵活现。

李颀描写陈章甫，说他的相貌是"虬须虎眉仍大颡"，这不是标准的书生模样，而是标准的豪侠模样。陈章甫既豪气干云，又满腹经纶，更立志做一番事业，但为什么明明"不肯低头在草莽"，却偏偏要"低头在草莽"呢？原因呼之欲出：这不是陈章甫能力不够，而是平庸之辈们容不下他。这话也是李颀为自己说的，他自己也是个豪气干云的人，但一辈子只做到县尉这种基层职位。对于不公平的待遇，心中郁郁不平，怎么办呢？那就痛痛快快地喝酒好了，"东门酤酒饮我曹，心轻万事如鸿毛"，等酒喝够了，一切就都想开了，功名事业不过轻如鸿毛，得不到

就得不到好了，不必挂怀。但狂生就算醉酒，也会自然流露出狂傲的姿态："醉卧不知白日暮，有时空望孤云高。"那孤高的云就是陈章甫与诗人自己的象征，世人和他们相比都太低了，所以他们的孤高总是难免的。

我们会发现，陈章甫和李颀这样的人，如果生活在我们身边，是我们的同学或同事，一定会是非常令人讨厌的那种人。但当这种生活中的讨厌形象被转移到文艺作品里的时候，那些最令人讨厌的地方反而会变成最可爱的地方。因为在现实生活里，我们和他们会存在各种各样的利害关系，以至于我们无法以纯粹审美的眼光来欣赏他们，而一旦他们转移到了文学作品里，和我们的各种利害关系就一下子荡然无存了，我们就能够以纯粹的审美眼光来欣赏他们的性格了。

"醉卧不知白日暮，有时空望孤云高。长河浪头连天黑，津口停舟渡不得。"这几句衔接得极好，表面上看完全是在写实，在渡口上送别的时候喝够了酒，发够了神经，却发现天也黑了，浪头也大了，船没法停在渡口了。但读者自然会读出写实背后的深意来：天黑浪大难道不正是他们对现实环境的感受吗，难道不正是他们对险恶官场的印象吗？而这样一个天黑浪大的世界，又怎么容得下如此孤高的两个人呢？

于是两个人都在彷徨，"郑国游人未及家，洛阳行子空叹息"，写实的一面是要走的人走不了，送行的人也不便回家，只有"空叹息"了。叹息之后，那就再聊两句好了："闻道故林相识多，罢官昨日今如何？"这话其实很讽刺，是说陈章

熟悉他写下的名句："结庐在人境，而无车马喧。问君何能尔？心远地自偏。"即使在喧喧闹闹的人群中，心放得远了，家自然就偏僻，充耳不闻车马的喧嚣。"采菊东篱下，悠然见南山。"这十个字写出何等悠闲！他没有翘首企盼，更不需要苦苦攀缘，所以叫"悠然见南山"，南山是自己来到他眼前的。这也是日暮时分，日暮中只要有归来，心就不怅惘。"山气日夕佳，飞鸟相与还。"飞鸟都归来了，人还不归来吗？人在这一切中终于安顿，安顿在菊花、南山、飞鸟、晚霞之间。"此中有真意，欲辨已忘言。"此中的真意怎么能写明白呢？说出来的东西终将被超越，这是一种悠然心会，妙处难以言说。谁有安顿的愿望，谁就可以领悟，谁愿意守一份寂寥独立斜阳，谁就会相遇斜阳中的抚慰。

斜阳之中有太多意味，除了王维和陶渊明式的安顿，其实还有哲理，还有穿越风雨之后与温暖相逢的大欣慰、大自在。真要能洞察斜阳常在这点朴素道理，也是一份坦然。

苏东坡被贬到黄州做团练副使，是他心意最为坎坷蹉跎的时候。有一天，他和朋友出门游玩，突然下雨，手里没有雨具，同伴狼狈而逃，苏东坡浑然不觉，一个人漫步在风雨中。

三月七日沙湖道中遇雨。雨具先去，同行皆狼狈，余独不觉。已而遂晴，

故此作。

莫听穿林打叶声，何妨吟啸且徐行。竹杖芒鞋轻胜马，谁怕？一蓑烟雨任平生。　料峭春风吹酒醒，微冷，山头斜照却相迎。回首向来萧瑟处，归去，也无风雨也无晴。△

"莫听穿林打叶声，何妨吟啸且徐行。"雨打竹叶的声音那么急促，但是人心自空，可以不听。何妨就在风雨中散步、吟啸，有竹杖，有芒鞋，步履轻捷。有风有雨不要紧，关键要问问自己的心怕不怕。如果你怕了，你就真的已经败给风雨，如果你不怕，风来雨来，"一蓑烟雨任平生"。穿越风雨，他能够逢着什么？"料峭春风吹酒醒，微冷，山头斜照却相迎。"一阵春风把酒吹醒，觉得身上有一点点凉意，蓦然撞见前方的山头斜阳正红。我们常说"风雨过后总有彩虹"，这个时刻，雨霁风停，山头的斜阳暖暖地迎着在雨中缓步的人。再回头去看来时路，"回首向来萧瑟处，归去，也无风雨也无晴。"一切都会开始，正如一切都会过去。穿越世相，风雨阴晴，无非是心上踩过的一阵动静，不惧不怕的人，才会守到风雨之后那一抹夕阳。

△ 北宋·苏轼《定风波》。

甫在家乡虽然有很多熟人，但陈章甫这次不是衣锦还乡，而是以平民百姓的身份回去，无权无势，那么，陈章甫就算回到家乡，未必就能感受到家乡的温暖。

读到最后，读者会读出李颀对这个世界的深深失望，会发现他们这样的人只能用自己的豪情来温暖自己，除此之外别无他法。如果我们仅从文学技巧上来看，会发现这首诗虽然句句写实，仿佛都只是对眼前景、身边事的平铺直叙，实则句句都有深意，而且句与句之间的递进与转折是如此巧妙，却丝毫感觉不到用力的迹象。

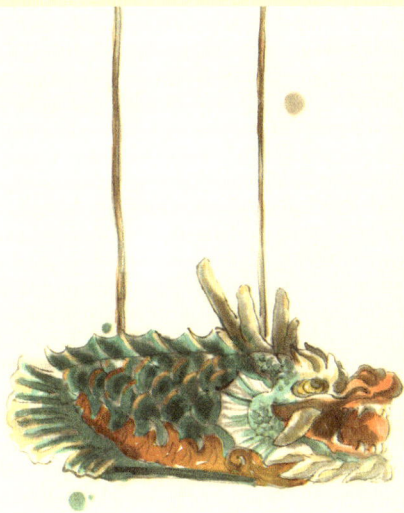

人真正怕的不是风雨，而是风雨大作时的那点动静，人往往是被动静吓着的。就像人有的时候得一点小病，如果探望你的人太多，你可能觉得自己得了一场大病；如果人犯了一点小错，安慰甚至鼓励你的人太多，你就会觉得自己的过失不可弥补。很多时候，这个世界的动静可以把我们吓倒。但经历过之后，有斜阳相迎，再回过头看那"穿林打叶声"，急促如管弦的风雨，只是一个短暂时刻而已。苏东坡的"山头斜照"对生命的迎接，比起王维、陶渊明的安顿，更有一番新境界，因为风寒雨重之后，人心对夕阳晚照有一份深深的感恩。这里已经不是一种感伤，而是斜阳永恒，温暖了生命中的苍凉。

纳兰性德说："终古闲情归落照，一春幽梦逐游丝。"每个人的晚照中都有寄托，晚照永远都在，就看我们愿不愿意去感知，愿不愿意用斜照辉映心间，守住我们的诗意。

◆ **延伸阅读** ◆

唐·王绩《野望》
东皋薄暮望，徙倚欲何依。
树树皆秋色，山山唯落晖。
牧人驱犊返，猎马带禽归。
相顾无相识，长歌怀采薇。

东晋·陶渊明《饮酒》（其五）
结庐在人境，而无车马喧。
问君何能尔？心远地自偏。
采菊东篱下，悠然见南山。
山气日夕佳，飞鸟相与还。
此中有真意，欲辨已忘言。

清·纳兰性德《浣溪沙》

杨柳千条送马蹄，北来征雁旧南飞，客中谁与换春衣。　　终古闲情归落照，一春幽梦逐游丝，信回刚道别多时。

◆　诗人简介　◆

李颀（？—约753），唐诗人。所作边塞诗，风格豪迈，七言歌行尤具特色。寄赠友人之作，刻画人物形貌神情颇为生动。

王绩（约589—644），唐诗人。绩清高自恃，放诞纵酒，其诗多写饮酒及隐逸田园之趣。语言朴素自然。